KB185527

어머니의 강

어머니의 강

윤석순 시집

인쇄일 | 2024년 12월 02일
발행일 | 2024년 12월 06일

지은이 | 윤석순
펴낸이 | 김영빈
펴낸곳 | 도서출판 시아북(詩芽Book)
출판등록 | 2018년 3월 30일
주소 | 대전광역시 동구 선화로214번길 21(3F)
전화 | (042) 254-9966
팩스 | (042) 221-3545
E-mail | siab9966@daum.net

값 12,000원
ISBN 979-11-94392-18-7(03810)

어머니의 강

윤석순 시집

시아북
詩芽BOOK

시인의 말

그렇게도 더웠던 긴 여름도 지나고 길섶에 내가 좋아하는 코스모스꽃이 피고 있다. 그리고 상쾌한 아침 바람이 노랗게 물들어가는 들녘에 불어온다.

그래, 가을이다.

어느 시인이 말했다. 시는 그리움이고 그리움의 소멸이라고.

나에게 시는 무엇일까. 나에게도 시는 그리움이고 그 그리움을 소멸하는 것이다. 그리운 것을 그리워하고, 그리움을 다시 소멸하면서 나는 시를 썼다. 그래서 나의 시에는 그리움이 담겨있다. 지나온 세월에 대한 그리움, 내 가족과 살아온 날들에 대한 그리움, 내가 그리워한 것에 대한 그리움 말이다. 그러면서 나는 그리움을 소멸시켰다. 아니다. 그것은 소멸한 것이 아니라 그리움이 내 가슴에서 흘러나와 시 속에 뿌리를 내리고 잎이 나고 꽃이 피고 열매로 맺힌 것이다.

그 연한 뿌리와 연둣빛으로 빛나는 잎새와 여린 꽃잎들과 작은 열매를 한 곳에 모으고 싶었다. 그래서 용기를 내어 한 권의 시집으로 나오게 되었다. 이 시집은 단순히 시를 모은 책이 아니라 나의 호흡이며 발걸음이고 역사이다.

돌아보면 참으로 길면서도 짧고, 짧으면서도 긴 시간이었다. 우두커니 앉아 있다가 거울 속의 나를 바라본다. 바람에 흩날리는 꽃잎처럼 내 얼굴에도 세월의 나이테가 늘었다. 세월이 흐른 뒤에 돌아보니 힘겨웠던 일들도 시간의 흐름 속에 묻혀 아스라이 멀고 먼 기억으로 흘러가고 있다.

한세상 살다 보면 누구라도 고초의 시간도 기쁨의 시간도 있었으리라. 나 역시 살면서 어느 순간 사는 것이 전쟁 같았던 시절도 있었다. 직장에 다니면서 농사까지 짓는 남편, 중풍을 앓으시며 병상에 누워 계시던 시할머니, 그리고 시부모님과 어린 아이 넷을 키우는 삶은 말 그대로 날마다 전쟁이었다.

낮에는 들에 나가 일하시는 어머니를 돕고, 중풍으로 누워계신 할머니 보살피고, 초등학교 다니는 큰딸, 연년생으로 유치원 다니는 작은딸과 큰아들, 그리고 자박자박 걷는 막내아들을 챙기면서 하루해가 언제 지는지도 몰랐다.

앞으로 나아갈 수도 없고 그렇다고 멈출 수도 없는 전쟁같은 상황에서 유일한 숨통이 있었다. 바로 남편이 퇴근하면서 가져다준『사비문학』이라는 동인지였다. 그 책을 읽으면서 나는 문학에 대한 열망이 피어났다. 그렇게 힘든 상황임에도 글을 쓰고 싶다는 욕망에 끓어올랐다.

낮에는 정신없이 일하고 가족들이 잠든 틈을 타서 나만의 시간에 글을 쓰기 시작했다. 글을 쓰면서 가슴에 쌓인 응어리가 풀리기 시작했다. 글을 쓰는 것 자체가 행복했다.

소소한 일상의 내 이야기를 써서 라디오 방송국에 보내면 채택되어 방송에서 나의 이야기가 방송될 때 어릴 적 동네 동산에 올라 '야호!' 외치면 되돌아오는 메아리처럼 반갑고 기뻤다. 방송국에서 보내준 크고 작은 선물에도 감동이 있었고 인터뷰할 때는 경이로웠다. 방송국 초대를 받아 초대 손님으로 갔을 때는 모든 것이 신비로웠다. 시간을 내기가 어려운 상황에서 나는 그렇게 글을 쓰는 일에 빠져 들었고 글을 쓰려 몰입하는 순간만큼은 오로지 나의 시간이었다. 그렇게 문학의 길을 걸어오면서 시를 쓰고 다시 시에 감성을 넣는 시낭송을 하고 싶다는 생각이 들었다. 서툰 운전으로 부여에서 논산까지 가서 논산문화원에서 시낭송도 배웠다.

늘 성실하고 책임감이 강한 남편과 어려운 상황에서도 잘 자라서 각자의 영역에서 제 몫을 하는 우리 아이들이 얼마나 고마운지 모른다. 내가 평생을 살면서 이런 남편과 아이들을 만나게 하신 하나님께 감사를 드린다. 그리고 문학을 만나 글을 쓰게 된 것은 행운이었다. 문학은 나를 바른길로 가게 해줬고 나를 발전시켜 주었으며 세상과 소통하게 해줬다. 나는 내 생의 끝날까지 문학과의 인연의 끈을 놓지 않을 것이다.

나는 시에 나의 삶과 가족을 담고 담았다. 어린 시절 이야기, 어렵고 힘든 시절의 추억들이 내 시에 들어있다. 우리 집 마당에도 울타리에도 뒤뜰에 철마다 꽃이 지고 핀다. 내가 유난히 꽃을 사랑하는 까닭이다. 그러다 보니 내 시에는 자연과 꽃들의 이야기가 많이 담겼다.

나는 이 시집을 지금은 계시지 않지만 이런 사람으로 나를 낳아주신 우리 부모님, 또한 젊은 날에 시집을 와서 인연을 맺었던 먼저 가신 할머님과 아버님, 그리고 연세가 백수를 바라보고 계신 우리 시어머님, 그리고 사랑하는 성실하고 착한 내 남편과 어려운 상황에서도 잘 성장해준 우리 아이들에게 사랑하는 내 마음을 담아 연서로 전한다. 그리고 문학의 길에서 나의 길동무가 되어준 문학세계의 모든 선후배 작가님들께 진심으로 머리 숙여 고마운 마음을 전하고 싶다.

2024. 11. 30.

상춘常春 **윤석순**

1부

꽃잎 편지

2부

복사꽃 필 무렵

3부

신혼의 꿈

4부

능소화

5부

고란사의 봄

1부

꽃잎 편지

[윤석순, 《목련꽃》 캔버스에 유화, 72cm×60cm]

신혼 여행길 유난히 햇빛 곱던 날,
눈부신 목련꽃 나무 아래
사진 찍던 추억이 생각이 나네
노랑 저고리에 연분홍 치마 휘날리던
그 봄을 그리워하며 그려 보았지

꽃잎 편지

어느 가을,
코스모스가 피고 은행잎이 아름드리 나무에서 물들던 날
나는 곱게 색종이처럼 접어놓았던 내 마음을 펼쳐
내 인생의 이정표를 찾아준 애인인 그이에게 편지를 썼다네

벙어리 냉가슴 앓던 내 사랑을 쓰다가 지우고
또 쓰다가 지우고는
쓰레기통에 넣어버린 편지가 수도 없었네

붙일 수 없어 애태우는 숙녀는 용기가 필요했네
혜화동 마로니에공원 벤치에 앉아
지금은 무엇을 하시며
좋은 사람이라도 옆에 있다면 실례가 되지 않을 안부 인사를 보냈지
마음 비우고 내가 보낸 편지를 받으면 좋고 못 받으면 할 수 없지 하고 우체통에 넣어버렸어

편지를 보낸 후 잊어버리고 있었지
퇴근하고 집에 돌아오니 나무 대문 틈 사이로
외국서 날아든 편지가 있는 거야

편지 봉투에는 영어로 명수 김이라 쓰여 있었지
너무 반가워 편지를 가슴에 안고는 읽어 내려갔지
그 편지 내용을 이제는 잊혔지만
'순이는 지금 한참 금값이겠구나'라는 대목만 생각이 나네

답장을 쓰고 주거니 받거니 2년 가까이 편지를 나눴을까?
어느 날 귀국하면서 내가 다니는 백화점 직장으로 그가 찾아왔지
나도 들어갈 만한 여행용 큰 가방을 끌고 말이야

그렇게 만나서 결혼하게 이어준 주인공이 바로 편지야
편지는 사람과 사람의 마음을 이어 놓는 징검다리지
만나면 할 수 없는 말 할 수가 있잖아
사랑한다고

우리 사랑은 그렇게 시작되어 사랑의 집을 마련했지
지금은 손자 손녀가 오면 마당에서 공차고 킥보드 타는 집을
생각해보니 그때 그 편지가 가장 소중한 내 값진 보물이지

가장 고왔던 시절의

지금도 가슴 속에서 힘을 나게 하는

꽃잎 편지

문학소녀

여고 시절 작문 시간이었다

칠판에 선생님께서 '개나리에 대해 묘사하시오'라는 문구를 써놓았다

그리고는 지휘봉 하나 들고 우리 책상과 책상 통로를 왔다 갔다 하신다

글 쓰는 걸 좋아했던 나는 제일 먼저 써서 내밀었다

선생님은 잘 썼다며 칭찬해주셨다

가끔 친구들 연애편지도 써주고 시도 썼다

나는 이미 글 쓰는 걸 즐기고 있었다

교내 시화전에 작품을 내서 전시도 했고 제법 친구들 사이에 글 잘 쓰는 친구로 이름을 얻었다

학교 교실 환경미화에도 담임선생님에 대한 글을 써서 교실 게시판에 붙이기도 했다

이불 속에서 혼자서 박인환의 '목마와 숙녀', 윤동주의 '서시', 김소월의 '진달래꽃'을 노래 부르듯 외우기도 했다

그랬다

유난히 가을을 좋아하는 감성 있는 소녀였던 나는 문학소녀였다

가을이면 교정의 플라타너스 잎이 뚝뚝 떨어지는 모습을 보며 울기도 했다

친구의 연애사를 들으며 같이 웃고 울었다

명상의 숲에 보라색 등나무꽃이 있었는데 그곳에서 친구들과 참새처럼 재잘대기도 하였다

산 너머 사는 점실이와 부여여고 시험을 보고서는 교실 벽에 붙여놓은 합격한 사람들 사이에 내 이름이 있어서 서울대학교 붙은 기분일 듯 폴짝폴짝 뛰기도 했다

그 시절이 엊그제 같은데 흰머리 소녀가 되어버렸나

그 문학소녀가 이제 시도 쓰고 수필도 쓰는 시인이 되었다

내 시가 누군가에게 위로가 된다면 얼마나 좋을까

나의 시를 읽고 누군가가 보리밭 이랑에 부는 바람처럼 시원해진다면 크나큰 기쁨이 될 것이다

곧게 갈아 놓은 밭이랑, 곧게 자란 옥수수밭, 알알이 총총 박힌 옥수수알 같은 글을 쓰고 싶다

나는 아직도 문학소녀다

노부부

사랑은 그토록
애틋한 속삭임
긴 세월 사랑은
눈 녹듯 미움도
꽃처럼 지는 것

볼수록 애틋하고
서로가 서로에게
걱정하는 마음을
위로하는 게 사랑

가는 세월 아쉬워
서로가 서로에게
위로하는 게 사랑

낙엽 지는 가을이
유난히도 가슴 저미는
늦가을 안식처
청춘은 다 가고

손톱만큼 남은 지는 해
노를 다 저어 서글프다

모닥불

여름밤 마당의 밀대 방석에 앉아 오순도순 온 가족
옹기종기 모여 웃음꽃 피우노라면
약속이라도 된 듯이 푸른 애호박 넣은 엄마표 손수제비는
'엄지척' 이었다

쑥잎 연기로 모기를 쫓으며 먹던 그 맛을 즐기노라면
담 밑 봉선화와 맨드라미꽃은 우리의 한 가족처럼 방실 웃었지
그 밤은 별빛도 쫓아와 소곤대고 달빛도 처마 밑까지 내려와 등잔불을 꺼도 창호지 창문이 밝았지

아직도 그 아름다운 밤이 모닥불처럼
내 가슴에 피어나고 있다

모정

곱게 곱게 길러서 사랑하는 사람 곁으로 널 보낸다
흐뭇하면서도 한편으로 아쉽고 서글픈 마음이다
공부한다고 도서관에서만 지내온 세월
선생님이 되었으나 아직도 엄마는 어리게만 느껴진다
그런 널 시집보내며 어디서부터 어떻게 가르칠까
부족하면 부족한 대로 넘치면 넘치는 대로 살기 마련이라지만 엄마의 마음은 어디 그런가

그래도 신은 많은 축복을 주셨다
손자 손녀를 두어 아이들 재롱에 눈코 뜰 새 없다
그런 딸을 보면 기쁘면서도 짠하다
집안일에 다리가 꽁꽁 묶여서 자주 가서 돌보지 못하니 마음뿐이다
생각보다 딸 내외가 힘겹지만
아이들도 잘 키우고 행복하게 살아가니 기쁘고 기특하다
늘 더 해주지 못한 아쉬움은 친정 엄마의 모정이다

아버지

철 따라 찔레꽃 피고 아카시아꽃 주렁주렁 아름다운 계절입니다

앞, 뒷산에는 초록으로 물들이고 맑은 햇살이 쏟아져 내리는 봄입니다

너무 멀고도 먼 곳 그곳 하늘나라에서 평안히 계시는지요?

가족들 챙기랴 저도 아침마다 나가서 하는 일이 있다 보니 산소도 자주 찾아뵙지 못하네요

용희 아빠는 퇴직해서 다른 곳에 근무하며 잘 지내고 있고 큰애 용희는 고등학교 교사가 되어 결혼해서 아들, 딸 낳고 잘살고 있습니다

용철이는 결혼해서 서울 모 연구원에 다니며 살고 있습니다

용원이, 용관이는 취업해서 서울 살고 있습니다

시어머니는 허리는 굽었어도 건강하셔서 소일거리도 도와주시네요

생각보다 건강하신 편이라 다행입니다

모두가 아버지, 어머니 덕분입니다

늘 살면서 허리 펴실 날 없이 고생만 하시다가 중풍까지 걸리셔서 몸져누워 계셨던 아버지가 오늘따라 더욱 그리워집니다

항상 귀여워만 하셔서 저를 아이로 생각하시는 줄 알았

더니 돌아가실 무렵에는 저를 믿고 형제들의 우애를 당부하시며 "너희 애들이 잘될 텐데 나는 못보고 죽는다" 하시며 눈물을 보이셨던 아버지가 사뭇 그립습니다

늘 철없는 아이로만 생각하시는 줄 알았는데 나의 상여 뒤가 부끄럽지 않게 해달라는 당부 말씀도 하셨지요

오빠가 사 형제다 보니 혹시 갈등 있으실까 걱정하신 것이지만 아무 일 없이 잘 지냈습니다 오늘날까지 각자의 영역에서 열심히들 살고 있습니다

긍정적이시고 반듯한 사고로 저희를 키워주셔서 자기 역할을 잘하고 있습니다

늘 할아버지를 잘 받들고 어머니, 아버지가 사시는 모습을 보고 자라서 시어른들 모시고 저도 지금껏 잘 살고 있습니다

자주 찾아뵈어야 하는 줄 알면서도 그렇게 하지 못해서 죄송합니다

언제나 보살펴 주시고 잘 살도록 지켜봐 주세요

행복하게 사는 모습으로 보답하겠습니다

늘 그곳에서도 안녕하시고 행복의 꽃자리에서 아버지, 어머니 건강하게 지내세요

부모님만 믿고 저희 열심히 잘 살겠습니다

두 분, 신의 은총 속에 항상 평화롭고 행복하세요

어머니의 강

가을 햇살이 슬프게
쏟아져 내리는 날이었지
엄마가 누우실 산
옆구리에 샛노란
들국화가 외롭게 피었다

내 어릴 때 꿈에서 무섭게
나타났던 마을 동편 외진 그 곳
산언덕에 마지막
가시는 무덤에 흙 한 삽을 붓는다

곡소리 울려 퍼지고
고추잠자리 뜻 모를 날갯짓
멍하니 바라보다가
영원할 수 없는 이별에 통곡한다

나의 몸이 어머니 몸 안에 있었으니
내게서 빠져나가는 듯한 산고의 고통처럼
마음이 아팠다

다시 못 오실
당신이시여!
가을하늘처럼 투명하게
당신이 즐겨 심으시던
분꽃과 봉선화, 맨드라미는
마음에서만 피고 지어
그 사랑 눈물로 승화됩니다

부디 어머니 계신 그 곳
꽃자리이기를 두 손 모아 빕니다

은행나무

온 동네 사람들의 보금자리
은행나무 아래서 온 동네 사람들은
노란 은행잎 수보다 더 많은 이야기꽃 피웠었지

여름밤 초저녁 엄마 무릎 베고 밤하늘 별을 세곤 했었지
엄마가 부쳐주는 부채 바람에 마냥 좋았지

엄마 앞치마 끈 붙잡고 대롱대롱 매달려
집에 가노라면 내 머리 위로 구름에 실려
별도 달도 몽땅 따라오곤 했었지

헛간 어미 소는 '음매' 하며 헛기침하고
마당 한쪽 창고 위 초가지붕 위에는
달빛에 박꽃이 하얗게 눈이 부셨었지

부엉이 부엉부엉 울고
창밖에는 댓잎이 바람에 사각대는 밤
엄마 품에 잠이 들곤 했었네
지금은 그 은행나무 사라진 지 오래지만

어른 몸통만한 은행나무 내 마음속에 심어져
가끔씩 그늘이 되어주니 힘찬 내일 꿈꾸리

자운영 꽃밭 추억

고무신 벗어들고 꽃 논에 들어가
신발을 휘두르면 벌이 신발에 잡힌다
벌을 잡아 꿀을 빼먹고는 놓아준다
잔잔한 꽃들이 가득한 논을 마냥 밟으며
놀았던 아름다운 기억을 나는 잊지 못한다
아버지와 어머니는 위 논에서 모를 찌시고
나는 논두렁에 난 쑥과 씀바귀를 캐고
미나리도 뜯으며 소쿠리에 나물이 가득할 때까지
논두렁에 쪼그리고 앉아 해가는 줄 몰랐었다
벌 나비가 춤추고 도랑물이 졸졸졸 흐르는 물을
바라보면 개구리와 올챙이도 보고 물고기도 보며
어린 순이는 새싹처럼 푸르렀다
논두렁 저편 찔레꽃 하얗게 덤불 속에 피면
찔레를 꺾어서 먹던 기억도 새롭다

마루에 앉으면 신작로가 저 건너로 훤히 보이는 지대 높은 집에 참새떼들은 아침저녁으로 귀가 시끄럽게 울어 대곤 했었지

대나무 숲이 있는 우리 집은 참새가 아침잠을 깨우는 집이었다

그 소리가 나의 유일한 시계였는데 그 예쁜 소리는 아직도 들리는 듯

추억의 그 소리 참새 가족 이야기 소리 듣고 싶다

자전거

어머니는 장에 가시고 나는 마중에 나서는 길

갑자기 논두렁가 길로 가다가 어른 키 높이의 언덕으로 굴러버렸다

누구라도 있으면 응석이라도 할 텐데 무릎에 상처가 나고

몸이 아파도 자전거를 끌고 온갖 힘을 다해서 언덕 위 도로로 나왔다

엄마의 보따리를 받아서 자전거 뒤에 싣고 덜컹 덜컹대는 시골길을 자전거 타다 보면 푸르른 들판에 복사꽃 살구꽃 피어 이내 마음 꽃으로 물들어 날개 돋친 듯 집으로 돌아왔다

지금도 잊지 못할 삼천리 호 자전거는 학교 가는 길, 나의 전용 자전거였다

높은 뜰에 기대어 놓고 타다가 넘어지고 또다시 올라타던 자전거!

막내 오빠가 한겨울 자전거 가르쳐 준다고 남의 집 보리밭으로 굴러 들어가도

내리면 안 붙잡아 준다고 엄포를 놓아 꽁꽁 언 보리밭에 헛바퀴만 돌던 어린 시절 추억이 새록새록 피어오른다

꿈을 먹던 그 시절 다시 돌아올 수는 없을까?

시냇가 물 흐르듯 세월의 강은 흘러

그립다고 말을 하는 이 순간도 물처럼 흘러가네

분꽃

여름내 꽃 피워온
분꽃은 나부끼는
바람에 일렁이다
꽃잎을 떨구고는
까만 씨 꽃잎 위에다
올려놓고 잠들지

징검다리

시냇물 속에 조약돌이 보일 만큼
맑은 물이 돌과 돌 사이를 흐르고

세상은 온통 눈부시게 하얗던 날
나는 아버지 등에 업혀 징검다리
건너던 기억이 아련히 떠오르곤 한다

그 눈보라 속에 막내딸이 고모 댁에서
방학이라 갔다가 일주일 쯤 되자
데리러 오신 것이다

집에 다다르자 대문 밖으로 물기 있는
앞치마를 입으시고 엄마는 외국 가서 귀국이라도
한 것처럼 울 애기 왔느냐고 반갑게 맞으셨다
그런 부모님께서 세상에 안 계시지만
부모 노릇하는 나를 보고 무슨 생각을 하실까

우리 아이들 어릴 때 친정 가면 늘 하시던 말씀
너희 애들은 잘될 거다

그런데 '그때 되면 나는 못 본다' 하시면서 눈물지으시던
아버지 말씀처럼 착하게 큰 저희 자식들을 지켜보시며
암, 그렇지! 그래야지 하시면서 흐뭇해 하실 만큼
자리매김하고 잘살고 있어요

하얀 겨울이면 유난히 그리움이 밀려오는 날이면
돌도 미끄러워 아슬아슬 건너던 그 시냇물이
세월이고, 사랑이란 것을 이제야 알아요
아버지!

목련

찬비가 내린다
가지 끝 꽃봉오리에 매달린 물방울을 본다
수정처럼 맑게 스며드는 언덕 위 꽃나무를 보며
머지않아 꽃피울 환한 목련화를 볼 생각하니 가슴 벅차오른다
희망을 갖게 하는 봄이다

하얗던 고요가 일말의 여지없이 터지는 날
가슴 뜨겁게 타오르는 신혼 여행길을 생각해본다
곱게 차려입은 노랑 저고리 꽃분홍 치마 봄바람에 날려
봄 햇살에 나부끼던 내 청춘의 한 자락 고운 필름들을 꺼내어 본다

목련꽃 찬란히 피던 봄날 꽃보다 더 화사하게 웃던 봄
나의 청춘의 봄은 무지개 피어오르는 듯한 봄이었다
차창 밖으로 노란 개나리 갸웃대고 분홍 진달래 머리를 흔들던 곱디고운 햇살 같은 봄이었다

시간 속으로 떠밀려간 시간의 봄을 추억하는 그런 꽃 같은 추억을 다시금 뒤돌아본다

조금은 수줍은 막 피어나려는 여린 꽃이 나였을 신혼의 그 시절을!

한 송이 갓 피어나려는 꽃봉처럼 고왔을 활짝 핀 꽃처럼 웃던 그 날이 나는 목련 닮은 날이었을까

쪽배 타고 온 봄

새봄이 오면 분홍 스카프를 목에 두르고
체리색 바바리 깃 세우고 자꾸만 몸 안으로 스며드는
햇빛을 두 팔로 끌어안으리

언덕 위에 꿈틀꿈틀 땅을 열고 나오는 수선화에게
제일 먼저 인사를 건네리라

이웃집 돌담에 핀 목련이 입을 크게 벌리고 하품하던 날
목련꽃 나무 아래 꽃송이 뚝뚝 떨어져 신음할 때도 봄은
여전히 아름다웠어라

하얀 눈꽃송이보다 더 하얀 매화가 피고 진달래꽃 돌돌 말고
피어나려할 때 손 대어 피워주고 싶은 못다 핀 꽃도 분홍빛
사연을 안고서 봄소식 전한다

오늘은 누군가 불러들여야 할 것만 같다

봄 손님이 찾아오신다니 저 앞에 호수에서 해그림자 타고
오실지도 모르고

강낭콩이 벗어놓은 콩깍지 신발을 신고 오실지도 모른다

봄은 여왕처럼 눈부시게 왕관을 쓰고 우아하고 겸허하게 반짝이며 올 거라는 예감으로 설레고 기다려진다

나무들이 연초록 잎을 뾰족이 피워 내고 샛노란 햇빛이 황금처럼 쏟아질 때

나는 마당에 나무 의자에서 저 건너 앞 동네가 물그림자 되고 하늘에 예쁜 구름이 쉬어가는 것을 바라보며 봄을 기다리리라

조팝나무꽃과 싸리나무꽃이 한데 어울려 산비탈 도토리나무 숲길이 그리운 나는 그때의 맑은 한 청년과 숙녀의 러브스토리가 되어 흰머리가 된 지금 우리들의 이야기가 될 줄은 정말 몰랐었다

그대는 들실, 나는 날실이 될 줄은 꿈에서도 몰랐어라

할아버지가 보내신 꽃 엽서

어린 시절 뒷동산에는 진달래꽃이
만발했었지
동네 친구들과 진달래꽃을
한 아름 꺾어와서 양동이에 꽂아놓았지
손녀를 본 할아버지는 야 이 녀석아
꽃은 꺾는 게 아니고 그냥 보는 거여 하시며 혀를 차셨네

긴 담뱃대를 물고 하얀 수염이 길으셨었지
바지저고리에 두루마기를 입으시고 중절모를
쓰시고 시조창을 즐겨 부르시던 할아버지
예뻐라 하시며 화롯불에 밤을 구워주시던 인자하신 할아버지
군자라 칭해도 부족함 없는 품격 있으셨던
할아버지는 봄마다 진달래꽃이 당신 미소인냥
손녀에게 꽃사랑의 마음 전하시네
손끝에 지는 꽃이 없어야 해라며
꽃 엽서를 내게 꼭 잊지 않고 봄이면 보내주시네

세발 자전거

맨발로 세살박이 어린애가
형의 자전거를 밀어준다

형은 그만 밀라고 아우성이다
그 광경을 바라보며 어른들은 즐거워하시고
흐르는 세월이 그들을 어른으로 성장시켰다
밀어주고 끌어주고 눈 내린 언덕에서 비료 포대 깔고
미끄럼 타던 어린아이들이 미루나무처럼 커버렸다
행여나 어린 시절 밀어주고 당겨주던 그 시절이 잊힐까 두렵다
추억만으로 간직하지 말고 먼 훗날에도 저 산 너머 너머까지도 두 손 꼭 잡고 놓지 말며 인생길 고비마다 밀고 당기던 세발자전거의 추억이 우애의 끈이 되었으면 싶다

엄마 생각

한겨울 창호지 창문에 대나무 잎 아른거리는 모습
댓잎 드리워진 창호지 창문은 한 폭의 아름다운 한국화였다
하얗게 내린 눈 속에 파묻어 놓았던 고구마를 깎아 먹으면
시원하고 달콤하며 아삭아삭 참 맛있었다
겨울바람에 문풍지 흔들리는 소리, 창틈으로 들어오는 황소바람은 내 생활의 일부였다
한쪽 무릎을 세우시고 모시를 삼던 어머니 옛날이야기에
귀를 쫑긋 세우고 이불을 온몸에 휘감고 누워서 듣노라면
천국을 얻은 듯 행복했고 꿈속으로 빠져드는 유일한 방법이었다
아버지는 장작불을 지펴주셨고 우리는 알콩달콩 모여서 이야기꽃을 피웠다
방의 공기는 차도 방바닥은 뜨끈뜨끈했다
그렇게 깊어가는 하얀 겨울밤
새벽까지 등잔불 앞에 모시를 삼으시던 다정다감하신 어머니가 겨울이 되면 더욱더 그리워진다

2부

복사꽃 필 무렵

[윤석순, 《수련꽃》 캔버스에 유화, 52cm×45cm]

물 위에 수채화처럼 차분히 그려 놓은 듯,
꽃의 풍경이 조화롭다
하트 모양의 잎새도 펼쳐져 멋스러웠지
보랏빛 꽃송이가 더욱 마음이 끌렸다
캔버스에 다시 태어나 나를 웃게 하는 예쁜 꽃!

추석

햇빛이 창호지 창문을 뚫을 듯이
청명한 날
나는 창문을 떼어내
문을 바른다

창살에 엄마가 쑤어주신 풀을
바르고 창호지를 정성껏 펴 바른다

문고리 주변에는 코스모스꽃과 국화 잎새로
예쁘게 장식하고 창호지를 덧바르면
모네의 그림도 부럽지 않다

바른 창문을 수건으로 살살 문지르고 뜰에 기댄 채
가을 햇살에 창문이 마르면 팽팽하게 마음도
반듯해진다

방안에서 제일 큰 안경으로 바깥 풍경을 볼 수 있는
할아버지 거울도 달아드렸지
이제는 새록새록 피어오르는 물안개같이
그리움만 아지랑이처럼 피어오른다

복사꽃 필 무렵

어릴 적 내 풍경화에는 저 멀리 보이는 언덕 위에 자리한 교회 지붕 위에 십자가와 파란 지붕 빨간 지붕에 연기 나는 굴뚝이 있었고 그 굴뚝에서 나는 연기를 그리곤 했었다

길가에는 코스모스가 그려있고 하늘에는 흰 구름 몇 점 그려 넣으면 미술 선생님은 창가에 앉은 나를 단발머리인 내 머리를 쓰다듬으시며 잘 그렸다고 교실 뒤 환경 게시판에 붙여주셨다

어느 날 교복 입은 모자를 쓴 남학생의 모습을 그렸는데 그 그림도 붙어주셔서 으쓱하던 때가 있었다

주로 우물과 향나무나 진달래꽃, 산 복숭아꽃, 살구꽃을 주로 그렸었지

그리고 소달구지도 그렸다 지붕 주위에는 푸르른 나무를 그려넣었지

그 그림 같은 내 고향에 동네 중앙에는 맑은 시냇물이 흐른다

그 냇물을 중심으로 이 건너라 저 건너라 정겹게 불렀었지

내 피가 되고 살이 된 그곳에 부모님이 그리운 날에는 그곳에 가서 보고 싶은 맘 잠재우며 찔레꽃 송이나 세어볼까나

가시로 제 몸 보호에 힘쓰느라 나를 아는 척이나 하려나 모르겠다

엄마! 저 왔어요

제가 왔다구요!

대답 없는 메아리만 대문 안으로 들어가 허공을 맴돌다가 사라지겠지

그래도 좋다

그곳이 봄이면 쑥향과 돌미나리향이 진동하고 진달래처럼 웃어주는 동네 아낙들이 아직도 나를 기억하고 있을 테니까

고향의 봄은 언제나 나를 평온을 선물해 줄 것만 같은 내 유일한 보금자리며 들꽃 닮은 한 여인이 마냥 그리운 그곳의 절절한 그리움을 내 어찌하리

친정집

애들이 넷이나 딸려있는데

시댁은 층층시하인데 왜 그리 친정은 가고 싶은지

업고 지고 기저귀 가방 챙겨 청양군 장평 친정집에 간다

엄마 옷자락만 보아도 편해지는 게 친정이다

아버지가 중풍으로 고생하시는 터라 나는 친정에 들어서자마자 대청소를 한바탕하고 빨랫줄에 한가득 이불 빨래며 옷가지를 빨아 널었다

우리 아이들은 내가 어렸을 때 물장구치고 물고기 오빠들과 함께 몰던 시냇가에 가서 신나게 놀다가 온다 엄마가 만들어주신 청국장은 구수한 것이 나라님 모셔도 부끄럽지 않을 만큼 말 그대로 엄마표 특허를 내어도 손색없으리만큼 맛이 있었다

집 사방에는 맨드라미꽃, 봉숭아꽃, 채송화가 담 밑에 줄지어 서 있었다

엄마가 꽃을 매우 사랑하셨나 보다

친정에서 집에 돌아올 때는 동네 맞은편 도로에서 차를 타야 하는데 어머니는 내 짐을 들고 언제나 일찍 가서 기다리시며 그때부터 큰소리로

'석순아 빨리 와라! 늦는다! 이 차 떨어지면 언제 가느냐'고 6·25 때 난리는 난리도 아니다

나는 시간 되면 알아서 갈 텐데 왜 그토록 성화이신가 투덜대면서 늦장을 피운다

집에 금붙이 붙여 놓은 것도 아닌데 조금이라도 더 있고 싶은 게 내 마음인데

어머니는 시댁에 어른들 계시니 늦지 않게 보내려고 애타셨나보다

아이들 손잡고 집에 오려면 몇 번씩 친정집을 돌아보며 더 있고 싶은데 돌아올 수박에 없었다

오빠 넷에 막내딸인 내가 엄마에게는 얼마나 아픈 가슴이었을까?

이제 알 것만 같다

귀엽게만 자라서 철부지가 시댁 어른들과 잘 지낼 수 있을까?

얼마나 노심초사하셨을까?

말씀은 안 하셔도 베개를 적시셨을 우리 어머니 깊은 가슴에 큰 나무 깊은 옹이처럼 알게 모르게 아픈 가슴이었을 것이 분명한 어머니 가슴에 나는 옹이였을 것이다

하지만 나는 스승 같은 지혜로운 남편을 만나 씩씩하게 살아가고 있다

어머니가 꿈속에서 말씀하실 듯싶다

장하다고, 생각보다 잘 견디어주고 애들 예쁘게 키워 이름값 한다고 말씀해 주실 것만 같다

당신이 지은 이름이라셨다

석순이처럼 복 많이 받으라고 지으셨다고 하셨었다

이름이 안 예쁘다고 투덜대던 사춘기 때 생각하면 웃음이 난다

석순이가 어때서, 지금은 엄마가 지어준 이름이 참 좋아요

겸손

하루를 살아도 가식의 늪에서 빠져나와
정의롭게 살면 어떠하리

인생길 걷노라면 밝은 세상을 꿈꾸며 가다가 내 더럽혀진
마음의 비뚤어진 상념들을 벗어 던지면 어떠하리

높은 곳만 쳐다보고 마치 삶의 주인처럼 큰소리치지 말고
산모퉁이 돌면 또 하나의 산이 있듯 겸허히 인내로서 그 길을
가리

덕을 닦을 만한 자리에 있을 때 올곧은 사람만을 평하지 말고
막 차오르는 달 같은 사람에게 용기와 찬사를 아끼지 말기를
바라리라

막 물오르려는 나무 싹둑 잘라버려 상처로 가슴 저미는 일
없도록 아래를 보아야 하리

언제인가 끝없는 미래에 그도 똑같이 고독한 평판 앞에 설
그날이 오리니

꽃씨

해마다 봄이 되면 꽃씨를 뿌리고

구멍 난 화분의 흙을 갈아주며 등줄기로 쏟아붓는 햇빛 받으며

마당에 쪼그리고 앉아 꽃 모종하는 즐거움이 취미가 되어 버렸습니다

마당에 들어서면 온갖 꽃들이 바람에 흔들리고

주인을 마주하는 꽃들이 너무 고와서 내 마음도 꽃이 핍니다

꽃들이 입을 열어 말하기를 한 잎 두 잎 피어나는 것을 보면서 기다림이 얼마나 소중한지도 배웠습니다

백합꽃 필 때면 그 향기가 온 마당에 퍼져 은은한 향기에 취해버립니다

함박꽃이 대롱대롱 피면 아침저녁으로 문안 인사 드리옵니다

푸르른 잎은 잎대로 싱그럽고 예뻐서 자주자주 들여다봅니다

키 작은 꽃들은 숨어서 피지만 잊지 않고 찾아서 본답니다

어쩌다 비가 오는 날이면 꽃대궁 부러질까 걱정에 기둥도 세워줍니다

꽃 사랑에 취해서 봄날은 짧기만 합니다

올봄에는 어느 어르신이 주신 꽃씨를 뿌려야겠어요

그가 하늘에서 꽃모종에 쓸 비를 내려주실지도 모르잖아요

꽃을 나보다 더 좋아하신 어르신은 흐뭇한 미소로 바라보실 겁니다

꽃씨를 신문에 돌돌 말아주시며 나도 심게 남겨놓고 가라시던 보훈 대상자 어르신은 꽃씨를 하늘나라로 가져가셨나 봅니다

이제는 노을빛 물드는 저 하늘에서 나의 정원에 꽃이 많이 피면은 그 속에 붉은 백일홍꽃으로 피어나 꽃씨 여물려 놓고 가실까요

환갑

나에게 바람처럼 몰래 왔다가
사라지길 바랐다

불청객처럼 내게도
와버렸다

이마에 주름과 흰머리와 함께
뚱보로 왔다

온 가족이 초대해준
한식집 창밖은 장독대 옆으로
예쁜 소나무가 있었다

시집 100권이 갖고 싶다고
아이들에게 선포한 그 주에 택배로
시집이 집에 전해졌다

단 한 번도 부탁해본 적 없는 내게로
날아든 시집은 새집을 드는 것처럼 설렘
자체였다

나는 날마다 차 마시듯
한 모금 한 모금 시를 음미하면서
새순 나오는 나뭇잎처럼 희망이 퐁퐁 솟는다

가뭄에 멜로디처럼 들려오는 봄비처럼
촉촉이 가슴을 적셔준다

흔적

어린 시절 어느 한 여름밤에
엄마의 흰 앞치마에
채 물기가 사라지기도 전에
엄마 손 잡고
동네 은행나무 아래
저녁 마실 가던 날 밤
엄마 무릎 베고 누워있는 내게
엄마는 부채질해 주셨지

가끔 콩잎 사이로 밤바람이 불어오면
하늘을 보며 나는 별을 세었지
유난히도 별이 반짝이던 그날 밤은
허공에 별똥별도 떨어졌었지

지금은 떠나고 없는
엄마에 대한 기억은
무딘 손끝이
하염없이 그립기만 하네

날개 달은 시낭송

어쩌면 내가 아닌 나를 꿈꿔 왔는지 모른다

꽃잎같이 곱고 풀잎처럼 푸른 내 영혼에 아름다운 유화를 그리고 싶다

시선 집중되는 무대 뒤의 헛기침과 몸살을 한다

시어를 되뇌이다 내 차례가 온다

아름다운 시어가 내 입속에서 가둬둔 내 진실의 감정 담은 언어가 뜨겁게 관중을 향해 간절한 소망으로 그들 가슴에 함박눈처럼 내려앉는다

어떤 시는 눈물이 되고 어떤 시는 사랑과 애국의 시심으로 타오른다

내 안에도 여자의 왕비가 살고 있어서 팔등신의 애절한 드레스를 꿈꾼다

나는 목소리로 시를 전하는 여자가 되고 싶다

이제 시작이지만 뮤지컬 배우처럼 감정에 몰입하여 별빛 같은 연출을 하고 싶다

사랑과 위로와 힐링의 순간으로 곱게 물들이고 싶다

눈이 내리면

부끄러움이 많은 사람일수록
그리운 것들이 많을수록 눈 오는 날을 좋아한다고
보고 싶은 사람이 있는 사람에게만 눈 오는 풍경을 사랑한다고
소록소록 눈 오는 날은 눈밭을 거닐고 싶은 사람은 안다
나는 마당을 서성이다가 맨몸으로 버티고 서있는 나무에 올라앉은 눈을 보노라면 아름다워서 그림을 그릴까? 시를 쓸까?
설레는 마음 감출 수가 없다
어쩌다 집 앞 호수 언덕에 앉았던 꿩이라도 날아오를 때면 저 새들은 이 추위에 어디서 둥지를 틀고 지낼까 궁금해지기도 한다

온천지가 눈부신 하얀 세상의 화이트 크리스마스!
소나무 위에도 마른 가지 잎 마른 장미 나무 위에도 하얀 옷을 입혀놓았다
한적한 마당을 나는 서성이며 이토록 아름다운 날은 신의 축복이라고 느끼며
햇빛에 반사된 반짝반짝 빛나는 눈을 바라보면서 다시 돌아올 수 없는 아버지의 발자국을 생각했다

뚜벅뚜벅 걸으신 발자국이 꽁꽁 얼어 그 발자국 속으로 어린 내 신발이 쑥 들어가던 그때를 생각하며 나는 마냥 하얀 눈 위를 또 걷고 거닐어 본다

뒷짐을 지고 걸으시던 아버지의 에헴! 하고 헛기침 소리가 들리는 것만 같아서 뒤돌아본다

때때옷과 사랑

오일장에서 사다 주신 설 옷
몇 번을 입어봐야 그날이 오나

손꼽아 봐도 아직도 멀다
은행잎 색 바지에 산타 옷처럼 생긴 가디건

입어 보고 엄마 장롱 속에 또 넣어두기를
하루에 서너 차례, 설날 입어야만 하는 약속이라도 한 듯
나는 꼭 그날 입어야 하는 의식처럼 나와의 약속을 지켰었지

바지는 커서 접어 입고 빨간색에 하얀 세로줄 무늬 옷을 입고 단발머리 팔랑팔랑거리며 마을 안길을 나비처럼 쏘다녔지

그렇게도 입고 싶어 참고 참았던 설에 때때옷 이제는 전설이 되어가지

누군가 만약에 지금은 무엇이 설에 입고 싶냐고 묻는다면
나는 엄마의 옥양목 적삼에 까만 치마 입고 흰 고무신 신고 동 비녀 꼽으셨던

어머니가 하롱하롱 낙화하여 집 지은 곳에 가고프다 말하리라

안부가 그리워서 왔노라고 말씀드리리다

보리밭

아침 등굣길에 보리밭 사이로 책보를 허리춤에
메고 달려가던 생각이 나네
초록빛 보리밭 이랑으로 달려가곤 했었지
그때는 친구를 만나면 당연한 듯 어깨동무하고 다녔었지

학교에 가서는 그네도 타고 철봉도 하며 고무줄 놀이도 하였지

남학생들은 고무줄놀이를 하면 심술궂게 끊어 가기도 하며 장난을 치기도 하였네

어쩌다 운동회 연습을 하려고 운동장에서 줄을 서서 남녀 학생 짝꿍을 지어주면 서로 손을 안 잡으려고 나무를 꺾어 손을 안 닿게 잡곤 하였었지

지금 생각하면 우습기도 하네

그때 그 친구들이 어쩌다 동창회 나가보면 흰머리 소년, 소녀가 되어 옛 모습 찾아보기 힘들지

그 순수 어디 가고 세월의 흔적만 남아 돌아갈 수 없는 시간은 바쁘기만 할까?

아무것도 하지 않으면 그대로인 것들

무엇인가 해보고 노력하면 무엇인가 남는 거지

바쁘게 가는 시간을 소중히 생각하여 지금 하지 않으면 안

되는 것들을 찾아봐야겠네

나는 늙어갈지라도 시간은 녹슬지 않게 쓰도록 나를 다스리며 이기기로 해야 하겠네

아직도 남아있는 시간은 소중하니까

먼 미래에 이 시간도 추억으로 남아있을 테니까

보물

우리 집에는 예쁜 보물이 있다
가족들 비밀을 가장 많이 알고 있는
비밀창고 같은 아이가 있다
한 번도 투정하거나 미루는 일 없이
어려운 일마다 하지 않고 가족 비위를
퍼즐 맞추듯 잘 맞추며 사는 사랑스런 보물이 있다
명절에는 일찍 서울에서 내려와 전을 나와 함께 붙이고
휴일 때는 언니 집에도 가서 도움을 주기도 한다
가족의 어려운 일을 마다하지 않고 할머니와 가장 친한 손녀가 바로 그 애다
동생들 어려움이나 엄마 아빠 근심도 덜어주는 아이!
그러고 보니 버거울 서울살이, 나는 너무 무심한 엄마다
집에 어머니를 모시고 살고 직장까지 다니다 보니
처음에는 서울살이 어떻게 하나 걱정하다가 이제는 무디어진 나 자신이 부끄럽다 그래도 꿋꿋하게 당당하게 잘 살며 직장 다니랴
얼마나 어려운 시절이 많았을까
한 번도 어렵다는 내색 없이 객지에서 하루하루 견디며 살아가나 생각하면 가슴이 아려온다

얼마 전 직장 이동이 있었을 때 마음 조렸을 생각하면 마음이 아프다

착한 사람 복은 언제 주시려고 신은 참고 계신가

올해를 넘기지 말고 그 애의 짝이 생겼으면 좋겠다

간절히 기도하면 이루어진다는데 열심히 기도해야겠다

아마도 신은 알고 있을 것이다

언제가 적절한 시기인지

그때가 어서 와서 축복의 시간으로 가득 차길 기도해본다

만일 보물과의 소중한 인연이 생긴다면 그 보물을 닳지 않도록 소중히 아주 소중한 사람으로 사랑해 주기를 바라고 바랄 뿐이다

우리 집 보물이니까

봄날

누구라도 불러야 하나
저 건너 앞산에 벚꽃이 만발하여 하얗게 꽃산이
되어버렸다
나는 언제부턴가 우리 집 앞 호수 맞은편에
버드나무가 연초록 잎을 피워 놓으면
너무 아름다워 풍경화에 담아야지 하고 생각해 놓는다
호수 위에는 햇살이 내 마음까지도 반짝반짝 빛나듯
반사되어 별빛처럼 느껴지니 그를 보는 순간만큼은 황홀할 수밖에 없다
코로나19로 재택근무를 하면서 아름다운 꽃들이 피어나는
광경을 보니 자연스럽게 시를 쓴다
유화에도 관심이 있어 몇 작품 그려 보았다
이상하게도 한번 붓을 들면 자꾸만 그리고 싶어진다
몰입되는 시간만큼은 오직 나만의 시간이다
나는 가끔씩 혼자만의 시간을 즐길 줄 아는 사람이 되어 남모르는 기쁨에 취할 때가 있다
그 속엔 내 마음속에 들어있는 듯, 물감들이 꽃물처럼 나와 캔버스를 가득 채운다

하얀 목련이 피어오르고 살구나무꽃, 복숭아꽃이 피어오른
이 계절을
지금은 사랑할 때라는 시 제목을 떠올릴 만큼 행복하다

봄은 그렇게 온다

주단 대신 작은 별 봄까치꽃 깔아놓고
쑥 향과 미나리 향 보내오고
고목에 눈부신 벚꽃이 아우성거리며
바람에 꽃향기를 보내온다

사람과 사람이
꽃과 꽃이 자연스럽게 무언으로 소통하며
서로가 서로를 사랑하게 된다

봄은 꽃 축제이며 사람들을 설레게 한다
누군가 만나야 할 것 같고 누군가와 추억을 담은
사진이라도 남기고 싶은 유혹의 계절이다

꽃그늘 아래 꽃비 맞으며 내 안에 든 한 조각
먼지 같은 티끌을 떼어내듯 조용히 명상에 젖는다

바람에 나부끼는 꽃잎처럼 슬픔이여 안녕!

소

나 어릴 적엔 소를 들에다 맸다
소가 풀을 뜯기 위해서다
동네 시냇가 아카시아꽃 그늘 아래 매어두었다가
해질 무렵 소를 풀어 오라고 하신다
소는 참 영리한 짐승이라고 느껴진다
어린 나는 무서우니까 끈만 풀어주면
사람보다 먼저 집에 가서 외양간에 가서 앉아 있다
그 큰 소는 커다란 눈을 껌벅이며 우리 집에 큰 일꾼이었다
아버지 쟁기에 밭이라도 가는 날이면 입에 거품을 물고는
끈기 있게 이랴! 이랴! 아버지의 소 모는 소리에 가장 말 잘 듣는 아버지의 종이었다
마당 한편 헛간에서 든든하게 지켜주던 그 소가 우리 집에서 서열로 보물 몇 호였을까
겨울에 초저녁이면 솔가지를 아궁이에 집어넣어 여물죽 끓여 온돌방을 덥히시던 어머니가 그립다
그 집에 대문을 열고 들어갈 것만 같은 내 마음 어서 오라고 반길 분들
별이 되셨으니 박꽃처럼 고우셨던 그 마음에 감사기도 드려야겠다

소달구지

학교 가는 길은 자갈길이다

장날이라 동네 아저씨 소달구지에는 오일장 보러 가시는

동네 아낙들 장 보따리가 한가득했다

달구지 모는 아저씨는 이랴! 워워!

학교 가는 친구와 나는 아저씨의 소달구지에 몸을 싣고 가다 보면 달구지가 이리저리 흔들려서 배를 움켜지고 타야 했다

멀리서 불어오는 밀밭 바람 미루나무 잎은 반짝반짝 시골길 풍경을 자랑하듯 싱그럽게 지나가고 있었다

행여나 떨어질까 달구지 운전석 등받이를 꼭 두 손으로 잡고 타면 덜컹덜컹 이리 비뚤 저리 비뚤 즐겁게 타고 가는 즐거움이 컸다

그것도 재수 좋아야 탄다

동네 오빠들이 먼저 타면 달구지 쫓아서 자갈길을 걸어가야만 했다

허리에 맨 책보만 실어도 행복한 그 기분, 아는 사람은 안다

아! 생각난다

이슬 채이는 풀밭 길을 거닐어 학교 가던 길!

보리밭 사이로 뛰어가던 길!

마냥 그립고 그때 그 시절이 생각난다

지금은 추억의 보리밭 풍경이 왜 이토록 가슴이 아려오는 걸까
고향의 봄이 한없이 그립다
징검다리 건너던 그곳 맑은 시냇물과 꽃피는 산골의 정취가 마냥 그립다
그곳에 갈래머리 따고 하얀 카라의 교복에 책가방 든 소녀가 희미하게 보이는 것만 같다

손주

그저 보기만 해도 웃음
손짓 하나에도 표정 하나에도
나를 가장 많이 웃게 하는 아이
웃어도 예쁘고 울어도 예쁘고
마냥 안아주고 싶은 사랑둥이
햇빛 좋은 날에 마당에서 공차기하고 킥보드 타며
마냥 행복해하는 아이들!
가족이 모두 나와 손자 손녀 호위병으로 서 있는
남편의 생일날 마당 풍경이다
하하 호호 땀내 나가며 노는 아이들 보며
이게 바로 사는 맛이지 하며 마냥 신나는 놀이에 빠진
아이들이 그저 바라만 보아도
꽃이다 꽃!

숨바꼭질

이른 저녁을 먹고 동네 친구들과
달밤에 모여서 양편으로 갈라 숨바꼭질한다
우리 팀이 숨어있을 때
짚누리 사이에 꼭꼭 숨는다
숨은 우리를 찾으면 우리 팀이 게임에서 지는 거니까
행여 웃음소리라도 나면 안 되니 조심하고 있다
술래가 어디 숨었지 하며 찾아다니면 숨어있는 우리는
더욱 숨죽이고 있었다
끝내 술래가 못 찾겠다 꾀꼬리! 하면
그때서야 우리가 이겼다고 신나서 좋아라 했다
달님은 하늘에 구름에 실려 가고
별들은 초롱초롱 빛나는 친구들 눈망울같이 빛나는 밤이었다
지금은 한동네서 성장하여 동서남북 모두 어디로 삶의 터전을 마련했을까
어린 시절 철없던 시절, 남녀 구분 없이 신나게 함께 놀던 동네 친구들
이제는 흰머리 아줌마, 아저씨 되어 어른이라는 이름표 달고 있겠네
시냇물처럼 졸졸 흐르는 시간 속에 그 친구들 안부가 그리워진다

어머니의 강

윤석순 시집

3부

신혼의 꿈

[윤석순, 《목단》 캔버스에 유화, 72cm×60cm]

소담한 꽃송이가 내 마음을 유혹했다
뜨락에 핀 목단꽃
아기 주먹만하게 피어 아침마다 볼 때면 바람에
갸우뚱 갸우뚱 사랑스럽지

신혼의 꿈

산언덕 푸르도록
눈부신 그리움이
물들던 사월에는
둘이서 영원토록
행복을 약속했었지
하얀 목련 피던 날

모란꽃

투명한 봄 햇살에 황홀하게 피어서
벌이 찾아와 윙윙 꿀 따러 날아드네

꽃잎이 어찌나 고운지 꽃가지 살짝 당기어
꽃 속을 보았어
꽃 속엔 아름다운 무늬가 더욱 반하게 했지

두 마리의 벌이 꽃 속에 앉아서 꿀을 따고 있었네
피려는 꽃과 지려는 꽃이 어우러진 앞마당

어쩌면 저토록 우아한 모습으로 오래 피어있으면 좋으련만
꽃 사랑에 취한 나를 보시면서 어르신은
'그런데 꽃이 금방 져버려' 하시며
나의 거동만 살핀다

오랜 세월 꽃을 가꾼 흔적이 역력하다
교회 목사님이 이사 갈 때 가져가라고 해서 캐다 심은 거라
신다

저 꽃을 보면 저 어르신에게는 추억의 꽃일 것이다

봄마다 꽃을 보면 이사 가신 목사님이 기억나실 것이다

다음 해에도 그 다음 해에도 오래도록 눈부시게 아름다운 모란꽃 고운 여인을 함께 볼 수 있는 날이 많았으면 좋겠다

꼬부랑 할머니의 아름다운 기도가 꽃을 피워줄 또 다른 봄을 기원하며 부르는 연가는

모란꽃 사랑해!

아궁이

불을 지핀다
앞치마 시린 눈물 콧물도
말린다

어린 오 남매 아침밥을
가마솥에 지으시며
숨죽였던 한숨으로
입김을 불어넣는다

이 고비 지나면 괜찮겠지 하시면서
우리 형제 키우시랴
솔가지 타는 눈물만큼
매운 눈물 흘리셨을 울 엄마

이 봄날에 나처럼
꽃밭을 가꾸시며
하늘에서도 나처럼 수선화를 심고 계실까
아니면 훨훨 날고 계실까

이 봄날은 잡초만 무성한 친정집에
한 번 가서 엄마가 신으시던 고무신 한 짝이라도
찾아봐야겠다

쌍무지개

같은 곳을 바라본다
펴지지 않는 허리를
양 무릎에 손을 얹고
하늘의 무지개를 반기신다

언제 적 본 무지개라냐

오랫동안 지켜보시며
한 줄은 진하고
한 줄은 흐리네 하시며
세상에서 제일 환한 미소가 슬프게 느껴졌다

가장 아름답게 빛나는 순간이다
앞으로 살면서 몇 번의
무지개를 어머니와 함께 볼 수 있을까
이 다음에 뜨는 무지개는 더욱 선명하게 떠서
어머니가 자연이 주는 명작의 무지갯빛처럼
고우신 모습으로 내 곁에 오래오래 머물러 계시기를 기도한다

징검다리

고모댁 둑길 따라
걸어서 눈 덮힌 길
막내딸 보고 싶어
한 걸음 달려오신
아버지 등에 업혀서
징검다리 건넜지

어린 시절

등잔불 앞에 앉아
울 엄니 모시 삼던
내 고향 빈집에는
이름 모를 새들이
둥지 틀고 살기 좋은
대숲이 되어버렸다

모시 삼다 들려주는
엄마의 옛날이야기
이불 덮고 누워서
듣노라면 세상을
모두 얻은 듯 행복했었다

겨울바람에 문풍지
펄럭이는 소리 들리고
휘영청 달이라도
밝은 날에는 창호지에 비친
대나무 잎새
흔들리는 모습이 아름다웠다

눈이라도 오는 날에는
마당 한 켠 하얀 눈 속에
고구마를 묻어 놓았다가
먹는 차갑고도 싱그러운 단맛은
내 영혼을 살찌우는 듯한 유일한 맛이었다

이 가을이 깊어가고 있으니
새록새록 피어나는 나의 어린 시절 엄마 사랑이 사뭇 그립다

어머니의 꽃

뒤 곁 언덕 위 감나무에서
작은 감꽃이 우수수 떨어지면
소녀는 그 꽃을 쪼그리고 앉아 주워서 실에 꿰어
꽃목걸이를 만들었다네

목걸이를 길게 만들어
하나씩 떼어먹는 재미는
달콤하고도 떫은맛이었다네

지금은 추억이 된
작은 꽃에 매달린 추억이
새록새록 피어오르면
어머니의 장독대에 올라앉은
그 꽃은 내 마음속에서만 피고 진다네

꽃이 피고 지던 그 자리에 지금은
어머니가 쓰시던
항아리만 줄지어 서 있네

대나무 숲 서걱이는 그 장독대 위에 올해도
감꽃이 별처럼 쏟아지겠지

감꽃이 피는 날에
올해는 그곳에 가서 추억 하나쯤 건지고 싶다

입안에 가득 고였던 향수를 내 몸 한가득
품어오면 내년 꽃필 때쯤까지는 엄마 꽃
그리움 참아 낼 수 있으리

우물

나 어릴 적
동네 우물은 아낙들의 수다방이었다
질그릇에 보리쌀 섞인 아침쌀을 들고
새끼줄로 묶은 함지박으로 물을 퍼서 쌀을 씻는다
양동이에 물을 넣고 지개로 물을 퍼다가 부뚜막에 묻어놓은
항아리에 물을 길어다 놓으신다
그 항아리 물로 설거지도 하고 가족들 씻는 물로 사용하기도 했다
아침마다 참새 지저귀듯 언덕에 향나무 하나 심어져 우물의 지붕 되던
동네 우물에는 시집살이 책도 낼만큼 씻어 내려갔고
동네 아낙 깊은 한숨 가난인 줄 왜 몰랐을까
집집마다 빈 항아리에 절미통이라 써 붙여놓고 밥할 때마다 쌀 한 톨이라도
아껴먹으라고 가난의 세월 겪으신 우리 어머니
정부미 회관마다 흔전만전한 세상 그 복도 못 받고서 하늘에 계시네
제일 부지런하셨던 어머니와 우물에 가면 한가득 차오른 물을 휘휘 저어

빨래도 하시고 자식 자랑들도 하던 곳 그 정겹던 우물에는 사랑보다 더 큰 뜻 없더라

구절초

차창 밖 꽃 무더기
어서 오라 손짓하네

들길에 환하게 웃는 꽃들이
가을 햇살에 눈부시게 미소를 짓네

다정한 이웃을 두었구나
고운 친구들을 두었구나

도란도란 작은 마을을
이루고 사는 꽃에게
푸른 하늘에 두둥실 하얗게 떠가는
뭉게구름도 축복하네

두 다리 펴고 앉아
이야기꽃 피우고 싶지만
시간과의 싸움은
나의 일상이 되고
순백의 꽃들은

과열된 내 상념의
뿌리를 잠재우네

꽃등

한낮에 마당에 선 나무를 본다
앞을 다투어 연일 나뭇잎이 움트고 꽃봉이 터지는데
우리집 단풍나무는 앙상한 가지로 우뚝 선 채 자기 닮은 그림자 하나를 선사한다
그래 닮은꼴이야
나의 모습이 저렇겠지
아직은 미약한 마른 가지에 껍데기를 뚫고 여리디여린 꽃망울이 피어날 때 얼마나 아픈 고통을 겪으며 피어날까

한겨울 혹독한 겨울을 맨몸으로 막아내면서 내면의 아름다움을 꽃봉으로 알알이 소생할 때 나는 나뭇가지의 꽃망울을 보며 환희에 찬 봄을 감사할 뿐이지

길가에 뉘집 정원에 진분홍 매화꽃과 하얗게 핀 매실 꽃이 한데 어울리어 피어있어 대나무 휘어 만든 담 앞에서 한발을 정원에 딛고 연신 꽃사진을 폰에 담았지
그냥 한나절을 그 꽃 보며 벤치에 앉아 꽃 노래나 들으며 콧노래 부르고 싶었지

참 예쁘다!

참 곱기도 하지

햇살 받아 눈부시게 희고 고운 꽃, 사랑에 취해 더 가까이 보고 싶어진다

봄은 이토록 설레고 가슴 따스한 평화로움 피어오르는 무한의 잔잔한 감동을 준다

와락 끌어안을 수도 없고 그렇다고 뒤돌아서기엔 너무도 아쉬운 마음의 연인같은 꽃은 사랑을 아름다움으로 선사한다

사람의 마음을 기쁨으로 가득 채워 놓고도 모자라서 봄바람에 갸우뚱갸우뚱 어여쁜 몸짓에 내 마음이 녹는다

와! 어찌하여 대지에 온통 갖가지 꽃들을 피워놓고, 산모퉁이 개나리 진달래는 천진난만한 소녀처럼 웃고 있고, 호숫가 연둣빛 물푸레나무는 하늘하늘 피어있는가

논두렁 밭두렁에도 봄 까치꽃이 만발하고 제비꽃이 납작 앉아서 인사를 한다 도랑물 흐르는 곳엔 미나리가 싱그럽고 갖가지 이름 모를 꽃들이 아우성이다

우리도 꽃이다

무슨 이름을 가진 무수한 꽃들은 모두 의미가 다를 것이다

화려한 꽃은 화려한대로 수수한 꽃은 순수한대로 매력이 있다

모두가 함께 피어나는 봄, 사람도 봄을 그리워했듯이 우리도 한 번쯤 고민해봐야겠다

무엇을 어떻게 아름답게 피워봐야 할지를…

이왕이면 향기롭고 푸르고 희망찬 초록의 꿈이 잎새 피듯 신선한 충격을 주는 세상을 환하게 하는 꽃둥이었으면 좋겠네

꽃잔디

분홍꽃 다복다복
눈웃음 마주하네

바람에 살랑살랑
애교 춤 추노라면

지난 여름 꽃 정성
꽃 무더기로 받누나

아침저녁 문안 인사
잘 잤니 꽃잔디야!

너를 보는 내 마음도
꽃분홍 사랑 물드네

그대를 기다리며

어둠 속 꽃등 켜고
그대를 기다리네
서쪽에 초승달은
저토록 고운 눈썹
가을밤 풀벌레 소리
하염없는 가을밤

꽃물

봉선화 꽃잎으로 열 손가락 손톱에
올려놓고 실로 질끈 엄마가 매어 준 밤
자고 나면 꽃물 들어 곱기도 하던 어린 시절 그립습니다

봉선화 꽃물 첫눈 올 때까지 지워지지 않으면
첫사랑이 이뤄진다는 이야기가 사실인지요

여름날 밀대 방석에 앉아 밤하늘에 별이 총총한 밤
모닥불 피워 놓고 엄마의 손길로 물들이던 밤

담장 밑에 봉선화 달빛에 환하게 웃던 밤
나는 아직도 엄마 품에 안긴 듯 모정으로 물들던 그 밤을
그리워하는가

꽃비 내리던 날

하얗게 흩날리는 꽃잎 편지가
허공을 맴돌더니 열린 차 창문으로 들어오기도 하고
눈꽃송이처럼 날린다

모두 탄성이다
우리는 함께 누리는 꽃바람을 꽃처럼 웃으며 반기었다

호수에는 겹겹이 삼각산에 아름다운 경치 드리우고
물가에 눈부신 하얀 꽃송이가 마음조차 피워놓았다

맑은 호수에 빛나는 물결을 보며 햇살 같은 꽃을 볼 수 있어서 턱관절이 아프도록 웃었다

오랫동안 기다리던 손님이 왔다가 너무 쉽게 가버리는 것처럼 이 계절이 또 지나간다고 생각해보니 도로에 흩날리는 꽃잎이 애처롭다

호수 건너 연둣빛 나무가 우산처럼 하늘하늘 피어나서 내 마음 흔들어 놓는다

그 모습을 화폭에 담아 오래 간직해야겠다

올봄에 만난 내 친구는 유난히 얼굴이 하얀 미녀 벚꽃과
연두색에 꽂힌 그 이름 연두는 내 호가 될지도 모르겠다

지금도 길 양옆에 그리움 되어 내리는 듯 손 흔들며 하롱
하롱 지고 있던 그 꽃잎 편지는 눈을 감고 있어도 아른거린다

나팔꽃

수정같이 빛나는 아침 햇살에
이슬 머금은 고운 꽃이여
어여쁜 네 모습에 반해
가던 길 멈추어 서 있네

그저 손끝만 닿아도
상처날 듯 여리디여린 모습
나의 청춘과도 같은 꽃이여!

너는 아마도 어울림의 꽃인가 보다
줄기를 뻗어 외롭게 앉아 있는 모습
한가롭구나

활짝 웃는 미소에
가벼운 입맞춤이라도 하고 싶을 만큼
사랑스러운 꽃이여!

가던 길 가서도 잊히지 않을
순정의 꽃이여!

노란 국화

샛노란 그리움 안고 소곳이
엷은 소녀의 미소가
한 잎 두 잎 피어나네

어젯밤까지 못다 피운
속마음 터질 듯 벙글벙글

촉촉이 영롱한
이슬에 젖은 모습으로

밤새 가슴앓이는
이제 그만

그리워서 피어난 꽃
조용한 자태를 보면

내 안의 그 어떤 것이
모두 우아하게 기도하는 마음
겹겹이 꽃잎처럼 쌓이네

울 밑에 나팔꽃

대문 밖 돌담 아래
도란도란 한 가족
이루고서 곱게 곱게
피어나 활짝 웃네
해마다 그 집 앞에
소곤소곤 넋두리하네

낮달

살며시 지켜보며
온종일 쫓아다녀
가는 곳 머리 위로
희미한 하얀 얼굴
여행길 봄 마중 길에
너도 같이 웃느냐

어머니의 강

윤석순 시집

4부

능소화

[윤석순, 《진달래 꽃산》 캔버스에 유화, 41cm×31cm]

어릴 적 앞산 진달래꽃을 입술이 파래지도록 따먹었다
그 추억을 그리며 어느 해 영취산 여행길에
진달래꽃 산이 너무나 아름다워,
온 산이 꽃빛으로 타는 날, 꽃산을 그리며 행복했었네

도랑물

아카시아꽃 그늘에 앉아 어미 소 풀을 뜯고
졸졸졸 시냇물이 흘러갈 적에
소녀는 돌 위에 앉아 동무와 빨래하고

징검다리 바위에 올려놓은
검정 고무신 벌써 마르는 줄 모르고
머리 감고 세수하고 발 닦으며
세월을 낚았네

꽃길

꽃산이 알록달록
내 마음 유혹하고
대지에는 꽃비가 내리네

우산도 없이 걷노라면
꽃잎이 내 볼을 스치고
내 머리에도 사뿐히
나비처럼 앉는다

마라톤 선수의 출발선부터 조금씩
멀어지더니 소설 같은 추억이 숨 가쁘게
달려온다

이제는 돌아오지 못할 청춘
그날도 눈부시게 아름다운 산
벚꽃 피고
맑은 햇살 아래 조팝나무꽃 하얗게
웃던 봄날이었노라고

나는 벚꽃 나무 아래에서
오래도록 추억하고 싶은 사람들이랑 무언의
미로에서 칠갑산 봄 마중을 하고 있다

고목에서 은혜로운 꽃잎이 날려
천천히 걷고 있다
오! 누리는 기쁨과 행복으로 채워지는
이 아름답고 숭고한 계절이여!

장곡사

푸르른 삼각산을 바라본다
초록 세상이다
꽃 진 자리에 초록 잎을 피워 놓고
맑고 선하게 다가와 오래도록 바라보고만 싶다

구부러진 숲길 맨발로 흙을 밟으며 시심에 불타 걷고 싶어진다
내가 지금 앉은 자리에 창밖을 보니 모란꽃이 장독대 뒤에 숨어 핀 듯 자태가 우아한 여인의 치마폭에 그려 넣고 싶다

산모퉁이 돌고 돌아 숲이 우거진 장곡사에 다정한 벗님들과
오색 나물 밥 식사 후 풍성한 음식을 한 보따리 사 들고 차에 오른다

푸른 숲길을 돌고 돌 때마다 창밖으로 내려다보이는 개울물이 바윗돌 사이로 흐르니 마음도 닦아 줄 듯 맑고 신선하다

고요히 바위에 앉아 하염없이 흐르는 물을 바라보는 한적한 시간이 그립다

온몸을 휘감듯 푸르른 산이 오늘은 나의 전부인 듯 의젓하게 지켜주는 산을 보면 황홀하다

나도 푸른 산처럼 말없이 볼수록 아름다운 사람으로 살고 싶다
늘 푸르게 살고 싶다
산은 말하듯 마음의 봇짐 풀어놓고 쉬었다 가라고 우리를 부르는 듯하다

눈꽃 세상

창밖을 보노라니 하얀 세상이었다
살며시 내린 눈을 바라보고 싶은데
밤새 몰래 와버린 눈꽃 세상
마냥 소녀처럼 소나무 위에 쌓인 눈
앞산 앙상한 가지에 그림처럼 올라앉은 하얀 눈의
아름다운 풍경에 설레인다
화분에 시든 꽃가지에도 눈꽃이 피었다
핸드폰에 담으며 아침저녁 문안 인사
잘 잤니 꽃잔디
강오리 떼가 푸드덕 날아오른다
하얀 눈 위에 하트를 그려서 사진을 찍어 친구들에게도 보냈다
발자국 꽃을 만들어 사진에 담았다
콩 콩 콩 강아지도 눈 위에서 캐롤이다
화이트 크리스마스에 하늘이 내려준 최고의 선물
눈꽃 풍경은 가장 큰 나의 캔버스였다
그곳에 나의 미래를 그려봐야지
검은 머리보다 흰머리가 더 많은 이 나이에도
눈꽃 세상은 아직도 나의 사랑을 듬뿍 받는다
오늘은 눈 덮힌 자작나무 숲을 그려봐야겠다

눈썹달

언제부터인가 초저녁이면 마당에
나가서 배회하는 버릇이 생겼다
걸어가면서 시도 외우고 집 앞 풍경도 보며
가끔은 하늘을 본다
반짝이는 별 하나와 동행 나온 초승달
볼 때마다 사랑스럽고 앙증맞다
설렘 가득 구름 속에 달이 흘러가듯
옷깃을 여미고 한참을 바라보았다
날씬한 몸매로 보름달로 차오를 때까지
날마다 내 창가로 와서 높이 떠 있다
창호지 오려 붙인 듯 꽉 찬 노란 황금달이 될 때까지
가슴으로 스며든다

능소화

우연히 너를 보고
가던 길 멈추었지

꽃구경 너무 좋아
목을 늘여 올려보니

주홍빛 곱게 곱게
어울려 활짝 웃네

어느 집 울타리
귀한 손님 맞으려나

어우렁더우렁 행복한
저 고운 지킴이 꽃

담쟁이

옛 서당 동편 흙벽에 아름답게 펼쳐진
넝쿨이 붉게 물들어가던 길을 세운다

자세히 보니 발붙일 곳 없었으나 서로서로
자연스럽게 엉킨 몸이 하나가 되어 곱게 물들었다

나는 그곳에서 어울림을 생각하며
캔버스에 담고 싶은 마음이 간절했었다

기대고 어깨를 나란히 하며 곱게 물든 담쟁이의
모습에 나도 가을빛으로 물드는 것을 느꼈다

양지바른 서당 처마 밑에서 한참을 바라보다가
함께라는 언어를 떠올리고는 뒤돌아서 왔다

쉽사리 지워지지 않는 한 폭의 그림이
인생의 절반쯤 온 나의 계절 같아서 허전할 즈음
옛 소년 소녀들이 글방에서 책 읽는 소리가 들리는 듯했다

도라지꽃

돌 틈에 낀 채 청초한 너의 모습
가느다란 허리로 피웠지

나는 엎드려 보랏빛 꽃을 가만히
들여다보고 사랑스러워 사진에 담았지

연약하고 어린 네가
너무 예뻐서 한참을 바라보며
내 마음을 빼앗긴 채 한참을 서 있었네

아! 아름다운 것은 강하고 우직한 것만이 아닌
여리고 순한 것이 매력적임을 느꼈다네

어릴 적 도라지밭에 꽃봉오리 막 피려고 부풀어 있으면
톡하고 터지는 재미로 터트린 기억이 아련히 떠오르네

어여쁜 꽃송이여!
우리 집에 데려가고 싶다

갈 수 없다면 너의 지고지순한
순수만이라도 데리고
가고 싶다

무창포 해변

출렁이는 바닷가 금빛 모래에
갈매기 날개를 펼치며 허공을 난다

모래사장을 걸으며 해변을 걷는 사람들이 보이고
가끔씩 파도는 출렁여 하얀 그리움을 토해 놓는다

아득히 먼 수평선 푸른 바다를 바라보며
바쁜 일상의 고뇌를 파도에 실려 보낸다

바다가 보이는 카페 테라스에서 실로 짠 하얀 그네를 타며
커피 한 잔을 마시며 담소한다

작은 섬까지 가는 다리 밑을 바라보노라니 연흔이 눈에 띄어 자연이 만들어 놓은 흔적이 신비롭다

드넓은 푸른 바다는 가슴을 후련하게 씻어주고 눈까지 맑게 하며 갈매기 날갯짓이 한가롭다

하늘을 보니 푸른 하늘에 낮달이 내 머리 위로 비추며 사랑스럽게 웃고 있다
해와 달을 한꺼번에 안은 벅찬 가슴으로 바다를 바라본다

푸른 바다여!
슬픔의 옷고름은 풀고 기쁨의 옷고름은 매어다오
너울대는 파도에 일렁이는 무늬로 마음의 고초는 미련 없이 가져가다오

동백정

바다가 보이는 산언덕
햇빛에 반짝이는 푸른 잎이 꽃불을 매달고 있네

바다는 햇살에 출렁이며 내가 서 있는 솔숲까지
햇빛에 반사되어 찬란히 비추네

바닷바람 맞으며 꽃불을 켠 동백을 보노라니
이른 봄 나에게 처음 볼 수 있는 꽃이라서 마음의 등불마저
밝혀주네

봄 마중 온 나를 그냥 보내지 않고 송이송이 옹알이하네

'그동안 매서운 바람에 등골이 오싹오싹했어요'
'당신이 올까? 햇빛에 몸 달구며 기다렸지요'

한 송이 두 송이 불빛 사이로 봄이 한 잎 두 잎 기지개 펴네

박꽃

달빛은 손톱만큼
길고도 모자라서
별빛에 길을 물어
오다가 박꽃 위에
살며시 앉아 있누나

등잔불을 켜던 밤
창호지 창문으로
울 엄마 베적삼을
걷고서 모시 삼는
모습을 기웃거려
졸음도 빼앗아 간 밤
옛이야기 들었었지

제주도 동백꽃 필 무렵

부부동반 동네 친목계에서
제주도에 갈 때 부푼 가슴 안고 동네 아낙들은
시장표 청바지를 단체로 입고 들떠 있었지

광활한 바닷가 노란 유채꽃이 살랑살랑 유혹했고
하얀 파도 출렁이는 바닷가에서 가슴도 헹구워낼 듯 철썩이는 파도가 넘실거렸지

푸른 초원을 돌고 돌아 순번을 기다리는 말타기는 두려움과 설렘 가득 사진도 유행인 냥 말 타고 찍은 사진은 온 동네 사람들 다 찍으며 호들갑이었지

바닷가를 거닐면서는 동백 꽃길을 걸을 때 꽃길이어서 내 마음도 꽃이 핀 듯
풍경을 놓칠세라 눈에 담고 마음에 담느라 행복했었네

어느 기념품 가게 앞 주홍색 털모자가 마음에 훅 들어와 그이에게 선물로 받고 포트 존마다 기념사진을 찍고 동백꽃이 곱게 핀 나무 그늘에서 떨어진 꽃들은 내 젊음 한 조각 같아서 주섬주섬 주워 보았네

저녁엔 하늘이 보이는 클럽에 가서 신나게 춤도 추었고 갖가지 쇼핑도 여행의 따스한 선물이었지

꾸는 듯 여행길에 차창 밖에는 황금달이 주렁주렁 매달린 귤밭이 무성했고

이따금 불어오는 바람은 내 청춘의 한량없는 찬사 같아서 마음껏 마셔버렸지

돌아오는 길 새아침을 맞는 것 같은 내 안에 부스럼들을 모두 던져 버린 듯 올곧은 새순이 하나 솟대처럼 솟고 거기에 꽃이 피려 가물거리는 나는 새봄을 맞았노라고

제비꽃

길섶에 핀 작은 연인들
보랏빛으로 다정하게 피었네
어릴 적 꽃반지 만들어 끼우던
꼬마 적에 내가 좋아하던 작은 꽃
그냥 지나쳐도 될 논두렁에 앉아
꽃을 바라보며 말을 건다
이유가 없이 그냥 좋은 너
바라보면 소꿉친구 같은 너를 볼 때면
옛 친구가 생각이 나고 나물 캐던 언덕 위에
가만히 앉아 방긋 웃어주는 미소 천사
사랑스럽고 앙증맞은 너는 내 오래된 고향의 벗처럼
그 모습 그대로 청초하구나

청실홍실

도화꽃 수놓아서
목화솜 이불이랑
대나무 곧은 절개
마음 밭 일구어서
고운 임 천년만년
달처럼 은은하고
해처럼 맑은 사랑
고운 인연 엮고 살라고
어미 마음 꽃잎 등에 업혀 보내누나

초승달

밤하늘 드높은 곳
소녀의 손톱에 들였던 봉숭아 꽃물처럼 손톱 끝자락만큼
사랑스러운 얼굴로 나를 본다

나도 함께 웃었다
내 마음을 움직이는 매력의 그림이라
한참을 올려다본다

집 마당에 차를 세울 때는
나보다 더 먼저 저 달이 와있었다
내가 잠든 사이에도 구름 따라
빙빙 돌고 있겠지
시곗바늘처럼

텃밭

봄 햇살이 내리쏟는 텃밭에 앉아
꼬물꼬물 나와 있는 떡잎을 본다
저 여리디여린 잎새로 어떻게 땅을 밀고 나왔을까
상추가 크면 주말에 제일 먼저 찾아오는 아이한테
밥상에 놓아줘야겠다
비 한번 맞으면 손톱만큼 크고 바람 한 번 불면
휘청거리며 손바닥에 놓이기까지 아우성친다

나는 어느 해부터인가 봄이면 마당 텃밭에 앉아 상추 모종을 하고 가꾸는 재미에 푹 빠졌다
어느 날 보면 무성하게 큰 상추에게 나는 속삭인다
귀한 손님 맞을 때는 싱그런 밥상에 네가 최고야!
텃밭 일기에 이렇게 쓴다
가꾼다는 것은 행복을 만드는 것이다
그 행복이 입안에서 춤출 때를 위해 나는 작은 관심을 주었더니 어느새 숙녀 치맛자락처럼 너울너울 나의 작은 밭에 주인공처럼 커져 있다

이번에는 며느리 가방에 한가득 넣어 주고 싶다

풀꽃개비꽃

아주 작은 눈빛으로 날 보며 웃었지
추운 겨울 어쩌려고 물 한 방울도 못 견딜 몸짓으로
나를 부르나 애처롭게 바라보았지
양지쪽에 자리한 꽃은 그나마 다행이었지
눈이라도 내리면 무게에 몸도 가누지 못할
여리디여린 너의 몸짓은 도대체 무얼 말하나
철 이른 대지에서 가장 낮은 자세로 철통같은
비밀은 그저 견디는 것뿐이라고 세찬 겨울바람에 목 놓아
울고 있었지

5부
고란사의 봄

[윤석순, 《석양》 캔버스에 유화, 31cm×41cm]

태안에 부부동반으로 여행길에서 바닷가에
맨발로 모래사장을 거닐며 석양을 바라보았다
바다에 비친 노을빛이 황금색으로 물든 날
너무나 아름다워 그려 보았다

유화

꽃송이 어여쁘게
그리며 마음 모아

꿈길을 걸어가듯
몽롱한 시간이다

물감을 펼쳐나가니
꽃나비도 춤춘다

연꽃이 너른 잎을
꽃으로 우산 삼아

살며시 반겨주니
꽃대에 담긴 설움

감추고 활짝 웃으니
날아드는 잠자리

풍년초 계절

지금 그대여 슬픈가요
그럼 한번 소리쳐 봐요

지금 그대여 기쁜가요
그럼 한번 노래를 불러 봐요

슬프거든 비를 생각해 봐요
하늘이 대신 울어줄 테니까요

외롭고 힘든 날에는
길가에 핀 들꽃을 보며
거닐다가 이야기해 봐요

눈길조차 주지 않던 여름날의
풍년초 흐드러지게 핀
청초한 옛 모습 다시 태어나는
꿈같은 날에 잃었던 순수를
다시금 찾아보아요

풍년초 꽃 속을 가만히
들여다보면 달빛처럼 고운
노란 그리움이 참 사랑스럽고
아기자기해요

지금 이 순간이 고난의 길일지라도
풍년초처럼 알아주는 이 없어도
앞날에는 축복받는 날이 선물처럼 보이는
불자의 마음에 빛이 보일 것입니다

아직도 나는 바람 부는 들길 따라
풍년초처럼 다정한 마음으로
그대에게 한 발짝 한 발짝
다가갑니다

해넘이

비행의 순간이네
하늘에 눈썹달이
바다에 붉은 해가
하루의 피로한 몸
바다에 입수 중이네
반쯤 담긴 얼굴이

주홍빛 하늘에는
재색빛 붓칠하고
밤바다 별빛으로
춤추는 아련함이
아직도 여행길같이
꿈길처럼 곱구나

홍련

궁남지 포룡정이
호수에 여울지고
실버들 바람 타고
마음벽 허물리고
벗님들 꽃 이야기에
석양빛이 물드네

꽃길을 거닐다가
청춘이 돌아오고
살며시 마주 보니
꽃님이 방긋 웃네
꽃대에 홍련을 피워
내 사랑도 여문다

홍매화 피다

곱디고운 꽃이 양지에서 꽃망울을 터트리고
올록볼록 부푼 마음을 열어 보인다

다홍색으로 피어 마음을 꽃빛으로 물들이고
내 마음도 피어오르듯 꽃에 자연스럽게 몰입된다

신은 어쩌면 저토록 예쁜 색으로 피어나도록 만들었을까
땅속에는 갖가지 물감들이 들어있는 것만 같다

제비꽃, 노란 장미, 튤립, 목련을 보더라도 누가 저 자연보다 섬세하고 아름답고 고운 꽃들을 창조해 낼 수 있을까

얼마 전 뒤 집 울밑에 선 매화 꽃망울이 움트고 있었지
동쪽으로 온화한 곳에 자리 잡고 바람도 덜 타는 담에 기대어 서 있었지

오늘은 찾아가 보니 꽃봉오리를 터트리며 잔치가 열리고 있네
나는 한참 동안 꽃들을 감상하며 행복에 젖어 있었지

이른 봄 나에게 특별히 선사해준 꽃이 사랑스러워 네 모습을 곳곳에 신나게 날렸지

홍매화야! 어쩜 그리도 아름답단 말이냐

혹독한 추위와 싸우고 봄 햇살에 몸을 녹이며 온종일 부풀은 소망을 하나하나를

오늘은 맘 놓고 가장 행복한 축포를 터트리는 아름다운 봄날이 아니냐고 묻고만 싶다

노을

하늘 높이 비행하는 중 창밖으로
나를 사로잡는다
빨갛게 익어서 바다와 닿으려
넘실넘실 머뭇거린다
하늘은 주홍빛으로 곱게 물들고
바다는 새까맣게 파도를 이루며
별빛처럼 반짝인다
해가 쉼 하려는데 하늘에 눈썹달은
실눈을 하고 그를 쳐다보고 있다
천하에 이런 그림 또 있을까
아! 경이로운 광경이다
출렁이는 가슴 어쩌지 못하고 시심을 불태우듯
둥그런 붉은해는 바다로 몸을 숨겼다
대만 여행에서 집으로 돌아오는 길
이토록 거한 선물을 받다니 가슴 벅차오른다
지상의 살아있는 사람들의 찬란한 불빛들의 오색빛 신호가
바다를 건너면 또 있었다
오늘이 가면 다시 떠오르는 태양 앞에서
부끄럽지 않은 나를 조금씩 물들여야겠네

아주 먼 훗날 고운 해처럼 져버리는 날 그때

비로소 아름다웠노라는 그 누구의 언어가 황혼이었으면 좋겠네

황금 연꽃

꽃님아!
버들피리를 불어주랴
개구리 노랫가락을 들려주랴

버드나무 잎 축 늘어진 그늘 아래서
너를 바라다본다
꽃님아!
밤새 별님과 달님과
만나서 네 몸에 물감을 칠해놓았나

황금빛 꽃 속에 잘 익은
복숭아색 분홍빛 연지
꽃님아!
아름다움 차고 넘쳐
차마 눈을 뗄 수가 없구나
궁남지 뜨락에 천만 송이 꽃님아!
서동과 선화공주님
환생하면 놀래실라!

궁남지

달 모양 호숫가에
수양버들 춤을 추네

날아든 고니는
허공을 비상하더니
물결 위에 널을 뛰네

물오리 떼 올망졸망
어미 뒤를 따르네

모락모락 피어나는 물안개
가끔 불어오는 실바람
초록과 꽃구름이 밀려든 이 곳
무지갯빛 꿈들이 익어가네

나는 궁중의 정원에 주인이 된 양
이곳 풍광에 젖어드네
그리고 연꽃을 보네
아름다운 연꽃처럼
나의 꿈이 시들지 않기를 기도하네

새아침

하얀 눈꽃송이 은혜롭게 반짝이는 눈길에 희망의 신을 신고 오시옵소서

차가운 바람결 살피어 구름 제치며 가는 해 미련 없이 보내고 솟아오르소서

이른 새벽 달빛이 호수에 잠기어 따라올 때 산봉우리 올라 까치발 딛고 빨갛게 타오르는 정렬의 빛으로 얼굴을 내밀 때 그때 나는 말하겠습니다

기뻐서 가슴 뛰는 일이 많도록 해 달라 기도하겠습니다

다음으로는 세상의 어두운 곳을 밝혀 가슴속까지 환하게 비출 희망의 밧줄을 던져 놓겠습니다

힘들 때마다 그를 당겨 기쁨이 넘쳐나는 축복을 기원하겠습니다

여름날 물오른 미루 나뭇잎 반짝이듯 무성하고 빛나는 하루하루 수놓을 수 있게 하시고, 맑은 마음이 샘물처럼 용솟음치게 하시어 일년 삼백육십오일을 평온과 행복으로 가득차게 하소서

이 간절한 소망이 이루어져 환희와 성취로 일 년을 뒤돌아볼 때 나의 양어깨를 토닥일 수 있는 그런 해가 되도록 하시옵소서

설령 허물 있는 사람을 마주하게 되더라도 그를 비난하지 말게 하며 관심과 사랑으로 감싸안을 수 있는 지혜와 용서하는 마음을 가질 수 있도록 나를 보살펴주시옵소서

칭찬에 인색한 자 되지 않게 나를 다독여 주소서

멀리보고 항상 여유와 이해라는 포용력으로 세상을 헛되지 않게 살게 하소서

위만 보지 말고 소외계층에 눈을 돌려 나의 작은 실천이 그들을 감동케 하시며 따뜻한 마음이 될 수 있도록 따스한 배려 아름다운 손길로 그들을 도울 수 있게 하소서

날마다 대하는 가족에게도 흐트러짐 없이 마주할 때마다 감사한 마음으로 더 챙겨 줄 것이 없나 확인하며 더 나아갈 수 있는 방향의 지혜로운 한 가정의 부덕 있는 아내며 어머니로 손색없도록 나를 바로 세워 주시옵소서

어느 곳에서나 필요한 사람이 되고 오늘보다 나은 내일을 맞이하며 평정심을 잃지 않고 가족의 안위를 살필 수 있는 그런 사람 되게 하소서

세상을 따뜻하게 하려는 언어의 습관을 가지게 하시고 화를 내거나 게으름 피우지 않게 하소서

늘 한결같은 사람으로 사랑받기보다 줄 수 있는 사람이 되게 하소서

미소로써 하루를 시작하고, 미소로써 하루를 마무리하는데 가족이 긴장을 풀 수 있도록 모나지 않는 편안한 사람이 되게 하소서

둥근 태양처럼 둥글게 살아가고 늘 중심을 가질 수 있는 정도를 걷는 사람이 되게 하시며 낭비하지 않고 근면하게 하소서

늘 겸손한 마음으로 감사하며 누구나 존중하며 진실을 말하며 다소곳하게 소중한 삶을 잘 살아가고픈 나를 수정처럼 아니 별처럼 빛나게 하소서

건강과 근면의 친구가 되어 깊이 있는 삶의 주인이 되게 하소서

최고보다 최선을 다하는 사람이 되게 하소서

긍정적인 생각들로 가득 차 주위를 활짝 핀 꽃처럼 웃으며 기뻐하게 하소서

소중한 하루하루가 쌓여 보람을 찾아 누군가에게 본보기가 되는 아름다운 사람으로 늘 감사할 줄 알며 꿈을 안고 잘 살아갈 수 있기를 소망하며 새해 거룩하게 떠오르는 해오름을 두 팔 벌려 환영합니다

고란사의 봄

이야기꽃 피우며 오르다 보면
어느새 산등성이
굽이굽이 맨발로 걷고 싶은 길
새 우짖고 꽃 피는 봄 산은
핑크 연둣빛 흰색의 조화
알록달록한 숲 속을 거닐다 보면
옹달샘서 손짓하리
푹 퍼 올린 한 잔의 물로 목축이면
세상의 오물 모두 다 씻은 듯
새털 같은 마음으로 고란사 풍경소리에
귀 기울인다
그곳엔 나만의 것을 쏟아놓고
상처를 아물 약을 달라고 두 손 모아 빌어도 되는
고란사! 그 산 아래 출렁출렁 백마강
유유히 흐르는 어느 나그네가 탄 배가 물살을 가른다

꽃 마중

백제의 너른 뜨락
꽃마중 하러 가세

수양버들 축 늘어진
호숫가를 거닐어 보세

호수에 잠긴 포룡정
푸른 하늘에 뭉게구름이
떠다니는 모습
한 폭의 그림일세

어미 뒤를 뒤뚱거리며
졸랑졸랑 쫓고 있는
강오리 떼 모습도 참 보기 좋소

친구여 우리 손잡고
오색 빛 출렁이는
연꽃길 거닐어 보세

서동과 선화공주
사랑이 아름다워
연꽃으로 부활할 것처럼
꽃들이 참 곱고도 다정하구려

천만 송이 연꽃길 걷다 보면
나의 길이 보일 듯 말 듯
축복받는 꽃마중
난 지금 무척이나 행복하다네
친구야!
함께라서 더 행복하오

금동대향로

누구의 발상인가
눈부신 저 자태는
신세계 아름다움이
기적처럼 나타나

봉황은 노래하고
악사는 연주하고
상상의 동물 모습도
신비롭고 귀하네

천만년 흘러가도
백제의 혼이 담긴
연꽃잎 무늬 새겨진
잊지 마라 대향로!

성흥산성

사브락사브락 낙엽 밟는 소리

꽃잎 길모퉁이에서
그대는 노루 되고
나는 꽃사슴이 되고

나폴나폴 대지 위에
내려앉는 꽃처럼 고운 단풍잎을 보네

꽃길을 걷다가 바윗돌서 솟아나는 물 마시고
쏟아지는 가을 햇살을 누린다

상큼한 바람 타고
꽃잎 춤사위
활활 타오르는 숲
저 고운 자태를 바라보며 채움의 시간을
누리는 기쁨이여!

연등

둥근 초록 잎 위에
영롱한 이슬방울
흙탕물 속 담금질 인내만큼
길다란 꽃대 하나
간밤에 빗물 무게를 못 이긴 채
연꽃 몽우리가 푸른 꽃잎 위에
누워있네

잠시 쉬고 있을 뿐
햇빛 나오면 이슬 걷고
반드시 일어나리라

그 얼마나 고이 접은 마음
한껏 피우고 싶었으랴
한 잎 두 잎 활짝 피는 날엔
세상 밝히는 사랑의 연등이 되리라

연꽃 사랑

나그네 발길이 머무는 곳
백제공주처럼 목이 길게 패어
우아한 저 자태
궁남지 뜨락에 앉아 있노라면
구중궁궐에 마님이 된 느낌이다

숱한 시련 속에서 오묘히 피어나
저토록 내 마음을 사로잡으니
만일 내가 총각이었다면
저 이쁜 처자를 집사람으로 만들고 말았을 게다

사랑아! 내 사랑아! 달빛에 비춰진 네 모습은
또 얼마나 아름다우랴!
연분홍 볼은 새악시 연지같아 곱고,
하얀색 얼굴은 그 우아함이 평온을 주어 아름답다

발길이 머무는 곳 천만 송이 연꽃 궁남지에는
인(人)꽃과 어울어진 꽃 잔치에
축복의 미소만이 가득하다

연꽃을 보며

여명이 밝아 오고 있었다
아름다운 한 송이 꽃도 어둠 딛고 곧은 줄기에
희망의 등불을 매달아 놓는다

한줄기 고운 꽃으로
피어나기까지 캄캄한 진흙 속에서 발돋움을 치면서
오랜 기도 끝에 줄기를 세워 어여쁜 꽃으로 피어나는 것은
분명 이유가 있을 거야

사람들은 꽃을 보면서 예뻐 죽겠다고 말들 하지만
땅속에 뿌리를 내리고 서있는 동안 온갖 곤충과 바람과 비에
시달려온 꽃가지에 싱그런 미소를 머금고 소담하고 우아한
꽃으로 피어나지

꽃은 사람들의 고난에 마음의 쉼을 주려 핀 걸 거야
교만과 거짓과 시기 질투를 교화시키려는 소망의 꽃

꽃 보면 마음이 편안해지고 덩실 춤이라도 출 듯이 마음이
가벼워지거든
꽃은 만인의 연인이지

꽃은 무언 속에

나처럼 고통을 견디어 피어났다가 아름다움과 향기를 나누어 주고서

곱게 지는 것이 그대들 인생과 뭐가 다르냐고 가르침을 주지

말없이 진실로 아름다움을 주며 무거운 고개를 바람에 갸우뚱거리며 고개 숙여 겸손 하라 하네

꽃봉에 앉았던 잠자리 잠자코 앉았다가

날아간 뒤 궁남지 호수에 실버들 사이로 노을이 주홍빛으로 물드네

연인

아이야!
사랑의 계절이 너에게도
꽃잎처럼 날아온 건가

초승달처럼
사랑스럽던 네가
토실토실 뽀얀
살이 올라
반쪽 달이 되더니

달맞이꽃처럼 다정한
너의 반쪽을 찾은 건가

흠이라면 순한 거고
칭찬이라면 성실한 네가
아름답게 살고파서
함박꽃같이 고운 숙녀가
너를 신비한 꽃눈을 만들어 준 건가

그래 사랑하길 잘했어
사랑은 참으로 아름다운 거란다
푸른 하늘처럼 맑고
별처럼 꽃처럼 아름다운 색깔이 들어있지

때로는 꽃비가 내려와 황홀하게 하고
때로는 비가 내려 촉촉이 마음을 적셔주기도 하지
계절의 변화에 감이 익어가듯이
그 시절이 익숙해질 쯤이면 너도 어느새
삶의 훈장인 흰머리 한올 한올 물들이겠지
마치 가을날 단풍 들듯이 말야

연가

너를 기다리다
그리운 마음 달빛에
꽃잎 하나 피웠지

네가 보고파서
견딜 수 없어 별빛으로
물든 꽃잎 하나 피웠지

우리 만나서 꽃피는 사랑
천년 두고 변치 말면 좋겠어

나 그러면 그대의 사랑꽃으로
피어나 만인의 연등되리니

〈발문〉

눈시울이 뜨거워지는 따스한 사랑 이야기

황환택(시인)

[윤석순, 《복숭아》 캔버스에 유화, 46cm×53cm]

가족들의 꿈이 튼실히 영글기를 기원하며
행운의 7개 복숭아를 그렸지
복숭아처럼 행복과 행운이 건강이 주렁주렁 익어가기를
기원하면서 그렸지

<발문>

눈시울이 뜨거워지는 따스한 사랑 이야기

황환택 (시인)

지금은 그토록 뜨겁던 폭염이 물러가고 하늘이 드높아진 가을이다. 가장 무더웠다는 그 여름 어느 날 평생 문학을 사랑해온 윤석순 시인이 첫 시집을 내신다는 소식을 들었다. 참으로 반갑고 기쁜 소식이었다. 그런데 뜻밖에도 윤 시인은 시집에 평설評說이나 발문을 써달라 한다. 사실 저의 비재非才와 얕은 식견으로 누군가의 글에 평을 하거나 발문을 쓴다는 것이 어찌 간단하고 쉬운 일인가?

그런데도 이렇게 발문을 쓰는 것은 어느 봄날의 기억 때문이다. 인문학 시창작 아카데미 회원들과 함께 서천 동백정으로 꽃구경을 핑계 삼아 봄 소풍을 같이 간 적이 있다. 그날 윤 시인이 몇 명의 회원들과 함께 내 차를 타고 같이 이동했는데 그때 윤 시인의 문학과 시와 인생 이야기를 많이 들었다. 시할머니, 시어머니를 모시고 농사를 지으며 네 아이를 키운 이야기, 남편을 만난 연애 이야기, 그리고 무엇보다도 그 어렵고 힘든 현실적 상황에서 문학을 만나 시와 수필을 쓴 이야기를 들으며 윤 시인에게 문학이 어떤 의미가 있는지를 알게 되었다.

특히 환갑 선물로 자녀들에게 시집 100권을 받아 시간이 나면 늘 그 시집들을 읽고 또 읽는다는 말에 가슴이 뭉클해지는 감동이 일었다. 나는 세상을 오래 살지는 않았으나 환갑 선물로 자녀들에게 시집 100권을 사달라는 사람을 본 적이 없다. 그만큼 윤 시인에게 문학은 각별한 것이다.

누군가에게는 문학이 여흥이요 취미요 놀이이며 자신을 세상을 드러내는 수단일 수도 있다. 하지만 윤 시인에게 문학은 숨 막히게 힘든 세상에서 윤 시인을 숨 쉬게 하는 산소통이요 구명줄이었으며 탈출구였다. 그러니 어찌 비록 내가 여러 부족함이 많을지라도 윤 시인의 살아온 이야기를 들은 터에 사양할 수 있으랴.

그리고는 윤 시인의 시 200여 편을 받아 시간이 나는 대로 읽고 또 읽으면 시인이 어떻게 살아왔고 어떤 생각을 하면서 사는지를 다시 확인하게 되었다. 지면의 한계로 100여 편만을 골라 편집하면서도 선택받지 못한 아까운 작품들에서 눈을 돌리기 어려웠다.

> "아직은 전혀 알지 못하는 한 여인의 팔에 우연히 팔꿈치가 스칠 때, 영혼은 왜 떨리는 것일까?"

소설가 '파스칼 키냐르' 『은밀한 생』이라는 작품에 나오는 말이다. 윤 시인의 시를 읽으면서 왜 나의 영혼이 떨리는 것일까? 그

것은 시에 담긴 시인의 진정성이 내 마음을 흔들었기 때문이다.

누구나 자신만의 시가 있다. 윤 시인의 시는 윤 시인만의 시다. 누군가의 시가 세련된 높은 수준의 시가 있을지라도 자신만의 시를 갖는 것은 매우 중요하다. 슬픈 사람이 울 때 어떤 기교가 필요한가? 오히려 남의 시선을 의식하며 운다면 그것이 거짓이며 자신을 속이는 것이다. 자신의 감정을 솔직하고 진지하게 표현하는 시가 감동을 준다. 거짓 없이 진실한 울음을 우는 사람처럼 말이다. 어쩌면 조금 서툴고 조금 흠집이 있어도 정직하고 당당하게 자신의 목소리를 내야 감동이 있다.

누군가에 사람이 온다는 것은 한 사람의 일생이 오는 것이기에 어마어마한 일이다. 어디 사람뿐이랴? 함축되고 절제된 한 시인의 시를 읽는다는 것 또한 어마어마한 일이다. 왜냐면 글은 곧 사람 자신이기 때문이다. 시 속에는 시인의 사상과 감정과 사랑과 이별과 세상을 대하는 자세가 있기 때문이다. 시를 읽으며 윤 시인의 사상과 감정과 사랑과 이별과 세상을 대하는 자세를 알게 되었다. 그리고 시를 통해 윤 시인을 알게 되었다.

윤 시인의 시를 다 읽고 발문을 쓰면서 나는 첫 문장을 이렇게 쓴다.

눈시울이 뜨거워지는 따스한 사랑 이야기.

누군가의 시는 읽으면 재주가 보이고 빛남이 보이고 비유와 상징이 보이지만 윤 시인의 시를 읽으면 눈시울이 뜨거워진다. 바로 시에 따스한 사랑 이야기가 느껴지기 때문이다. 그렇다. 윤 시인의 시는 사랑 이야기다. 가족에 대한 사랑, 특히 윤 시인이 사랑하는 세상의 꽃들에 대한 사랑 이야기가 가득하다. 누구라도 윤 시인의 시를 읽는다면 가슴이 따스하게 젖어올 것이다. 이상하고 무질서하며 조악한 낙서 같은 것이 시라 불리는 요즘 세태에서 윤석순 시인이 보여주는 인생에 대한 진지함과 성실성이 가슴을 먹먹하게 한다.

윤석순 시인의 시를 읽어보면 참 정직하고 당당하다. 자신의 삶과 여정을 솔직하게 시를 보여주고 있다. 세련됨을 좋아하는 누군가가 볼 때는 어쩌면 조금은 서툴고 흠집이 있어 보일지 모른다. 하지만 윤 시인의 시에는 누구도 흉내내지 못한 시인만의 진지함과 성실함이 있다. 시 한 편을 읽으면서, 나는 찌릿한 전류가 전신을 관통하는 듯한 느낌을 받았다.

윤석순 시인의 시는 따뜻하다. 가슴을 울리는 울림이 있다. 가족에 대한 그의 따스한 마음이 먹먹하게 가슴을 울린다. 윤석순의 시는 대부분 자신이 살아온 삶의 여정 속에 진실을 담았다. 무엇보다도 시의 바닥에는 남모르는 아픈 상처가 있고 그 상처를 보듬어 안는 따스함이 깔려 있다.

그의 시 속에는 가족이 살아있다. 시할머니, 시어머니, 아버지, 어머니, 그리고 사랑하는 남편과 네 아이가 살아 숨 쉰다. 여기에서 더해 이 땅 위에 살아 숨 쉬는 모든 생명체를 하나의 가족으로 끌어안으며 사랑이 확장되고 있다. 세상의 꽃들이 가족이고 세상의 새들이 가족이다.

나는 이 시집의 첫 시로 「꽃잎 편지」를 내놓았다. 마치 한 편의 드라마, 한 편의 뮤지컬과 같은 그런 윤 시인의 연애 이야기다. 일부만 선보이기에는 아까워서 다시 전문을 옮겼다. 혹시 앞에서 이 시를 대충 읽으신 분은 여기에서 다시 읽어보시길 권하고 싶다.

어느 가을,
코스모스가 피고 은행잎이 아름드리 나무에서 물들던 날
나는 곱게 색종이처럼 접어놓았던 내 마음을 펼쳐
내 인생의 이정표를 찾아준 애인인 그이에게 편지를 썼다네

벙어리 냉가슴 앓던 내 사랑을 쓰다가 지우고
또 쓰다가 지우고는
쓰레기통에 넣어버린 편지가 수도 없었네

붙일 수 없어 애태우는 숙녀는 용기가 필요했네
혜화동 마로니에공원 벤치에 앉아
지금은 무엇을 하시며
좋은 사람이라도 옆에 있다면 실례가 되지 않을 안부 인사를 보냈지
마음 비우고 내가 보낸 편지를 받으면 좋고 못 받으면 할 수 없지 하고 우체통에 넣어버렸어

편지를 보낸 후 잊어버리고 있었지
퇴근하고 집에 돌아오니 나무 대문 틈 사이로
외국서 날아든 편지가 있는 거야

편지 봉투에는 영어로 명수 김이라 쓰여 있었지
너무 반가워 편지를 가슴에 안아보고 읽어 내려갔지
그 편지 내용을 이제는 잊혔지만
'순이는 지금 한참 금값이겠구나'라는 대목만 생각이 나네

답장을 쓰고 주거니 받거니 2년 가까이 편지를 나눴을까?
어느 날 귀국하면서 내가 다니는 백화점 직장으로 그가 찾아
왔지
나도 들어갈 만한 여행용 큰 가방을 끌고 말이야

그렇게 만나서 결혼하게 이어준 주인공이 바로 편지야
편지는 사람과 사람의 마음을 이어 놓는 징검다리지
만나면 할 수 없는 말 할 수가 있잖아
사랑한다고

우리 사랑은 그렇게 시작되어 사랑의 집을 마련했지
지금은 손자 손녀가 오면 마당에서 공차고 킥보드 타는 집을
생각해보니 그때 그 편지가 가장 소중한 내 값진 보물이지
가장 고왔던 시절의
지금도 가슴 속에서 힘을 나게 하는
꽃잎 편지

-「꽃잎 편지」 전문

윤 시인은 지금처럼 여름이 지나 코스모스가 피고 은행나무 잎이 물들어가던 어느 가을에 애인인 외국에서 일하고 있는 그이에게 이름도 이쁜 마로니에공원 벤치에 앉아 꽃잎 편지를 써서 우

체통에 넣는다. 그리고는 잊고 지내고 있는데 사는 집 나무 대문 사이에 외국에서 온 편지가 있다. 거기에는 명수 김이라고 쓰인. 윤 처녀는 그 편지를 가슴에 안고 읽고 또 읽었다. 그리고 명수 김은 윤 처녀가 근무하던 백화점으로 찾아왔고 그 둘의 사랑은 결실을 맺었고 명수 김은 지금 네 아이의 아버지요 윤 시인의 남편이다.

'시 안에 그림이 있고 그림 안에 시가 있다(詩中有畵 畵中有詩)'는 소동파가 당나라 시인이자 화가였던 왕유에게 한 말이다. 이 시를 보면 시 안에 마치 그림이 있는 것 같지 않은가? 오래된 옛날 영화의 한 장면 같다. 나는 윤 시인의 이 시를 읽으면서 시를 어떻게 쓰는 것이 잘 쓰는 것인지 다시 생각하게 한다. 그리고 이 영화의 결말은 물론 해피 엔딩이다.

「문학소녀」라는 시 한 편을 더 읽어본다. 이 시를 읽으면 왜 시인을 글을 쓰게 되었으며 어떤 마음으로 글을 쓰고 있는지를 알게 해준다.

> 그 문학소녀가 이제 시도 쓰고 수필도 쓰는 시인이 되었다
> 내 시가 누군가에게 위로가 된다면 얼마나 좋을까
> 나의 시를 읽고 누군가가 보리밭 이랑에 부는 바람처럼 시원해진다면 크나큰 기쁨이 될 것이다
> 곧게 갈아 놓은 밭이랑, 곧게 자란 옥수수밭, 알알이 총총 박힌 옥수수알 같은 글을 쓰고 싶다
> 나는 아직도 문학소녀이다
>
> -「문학소녀」 일부

윤 시인은 스스로 문학소녀였다고 말한다. 물론 지금도 문학소녀이고. 시인은 여고 시절 친구들 연애편지도 써주고 교내 시화전에 시를 내기도 하고 이불 속에서 유명 시인의 시를 외우기도 했다. 특히 가을을 좋아해서 교정의 플라타너스 잎이 떨어지는 모습을 보면서 울기도 했던 문학소녀였다.

요즘 세상에는 문학을 하는 분들이 참 많다. 시인도 많고 수필가도 많다. 그런데 그분들은 어떤 마음으로 문학을 할까? 그런데 윤 시인은 자신이 글을 쓰는 이유를 분명하게 말한다. 내 시가 누군가에게 위로가 되기를, 누군가 자신의 시를 읽고 보리밭 이랑에 부는 바람처럼 시원해진다면 크나큰 기쁨이 될 것이라고.

이 얼마나 순수하고 아름다운 마음인가. 문학을 하는 모든 사람이 귀감으론 삼아야 할 마음가짐이 아닌가. 우리는 문학을 하면서 때로는 자신의 재주를 세상에 보이기 위해서 글을 쓰기도 하고, 자신의 잘남을 뽐내기 위해 글을 쓰기도 하며, 어떤 이념이나 정치적 목적을 위해 글을 쓰기도 하며, 자신의 존재감을 알리고 더 나은 상황으로 가기 위해 글을 쓰기도 한다. 하지만 윤 시인을 그저 자신의 글을 읽고 보리밭 이랑에 부는 바람처럼 시원해지기를 바라고 있으니 이 얼마나 문학의 본질에 접근하고 있는가.

부디 이 시집의 시를 읽는 모든 분이 윤 시인의 시를 읽고 가슴에 보리밭 이랑을 스쳐온 바람이 불어와 크나큰 기쁨이 되기를 바란다.

겨울바람에 문풍지 흔들리는 소리, 창틈으로 들어오는 황소
바람은 내 생활의 일부였다
한쪽 무릎을 세우시고 모시를 삼던 어머니 옛날이야기에
귀를 쫑긋 세우고 이불을 온몸에 휘감고 누워서 듣노라면
천국을 얻은 듯 행복했고 꿈속으로 빠져드는 유일한 방법이
었다
아버지는 장작불을 지펴주셨고 우리는 알콩달콩 모여서 이야
기꽃을 피웠다.
방의 공기는 차도 방바닥은 뜨끈뜨끈했다
그렇게 깊어가는 하얀 겨울밤,
새벽까지 등잔불 앞에 모시를 삼으시던 다정다감하신 어머니가
겨울이 되면 더욱더 그리워진다

-「엄마 생각」 일부

윤 시인의 시에는 가족 이야기가 많이 등장한다. 어머니, 아버지, 남편 등 가족이 등장하는 작품이 많다. 가족을 사랑하는 마음이 누구보다 강하고 어렵고 힘든 시절에 가족들과 함께 견디어 온 세월에 대한 느낌이 살아 있기 때문일 것이다.

「엄마 생각」이라는 시를 보자. '겨울바람에 문풍지가 흔들리며 들어오는 황소바람은 내 생활의 일부였다'고 쓰고 있다. 어렵고 힘든 살림살이를 보여준다. 그렇게 힘들고 어려운 환경에서도 따스한 힘이 되어준 존재는 바로 어머니였다. 모시를 삼으면서 아이들에게 들려주는 옛날이야기를 이불속에서 들으면 바로 천국을 얻은 듯 기뻤다고 시인은 회상한다. 어쩌면 그때 어머니가 들려주신 그 옛날이야기가 바로 오늘의 윤 시인을 만든 자양분이 아

니었을까 생각한다. 장작불을 지펴주시던 아버지, 무릎을 세우고 모시를 삼던 어머니, 옛날이야기에 알콩달콩 모여서 이야기를 듣는 아이들의 모습이 한 폭의 동양화처럼 느껴진다.

쑥잎 연기로 모기를 쫓으며 먹던 그 맛을 즐기노라면
담 밑 봉선화와 맨드라미꽃은 우리의 한 가족처럼 방실 웃었지
그 밤은 별빛도 쫓아와 소곤대고 달빛도 처마 밑까지 내려와
등잔불을 꺼도 창호지 창문이 밝았지

아직도 그 아름다운 밤이 모닥불처럼
내 가슴에 피어나고 있다

-「모닥불」 일부

엄마에 대한 회상을「모닥불」이라는 시에도 나온다. 엄마가 끓여주던 애호박을 넣은 손수제비를 회상하면서 쓴 시다. 엄마에 대한 회상과 더불어 이 시에는 윤 시인의 표현에 대한 아름다움이 돋보인다. '그 밤은 별빛도 쫓아와 소근대고, 달빛도 처마 끝까지 내려와'라는 표현은 어느 유명 시인의 대표작에 비해도 손색이 없는 멋진 표현이다. 정말 이 표현은 교과서에 넣어도 손색이 없는 윤 시인의 시적 감각이 별빛과 달빛처럼 빛나게 한다.

불을 지핀다
앞치마 시린 눈물 콧물도
말린다

어린 오 남매 아침밥을

가마솥에 지으시며
숨죽였던 한숨으로
입김을 불어넣는다

-「아궁이」 일부

어머니의 회상이 유난히 많다. 「아궁이」이라는 시에도 어린 오남매를 위해 가마솥에 밥을 지으시던 어머니의 모습이 나온다. 앞치마에 시린 눈물도 콧물도 아궁이 불로 말리고, 가난한 시절 한숨으로 입김을 불어 밥을 짓는 어머니는 그 시절 많은 어머니의 모습이기에 읽는 사람의 가슴을 울리고 눈시울 붉어지게 한다.

내 어릴 때 꿈에서 무섭게
나타났던 마을 동편 외진 그곳
산언덕에 마지막
가시는 무덤에 흙 한 삽을 붓는다

곡소리 울려 퍼지고
고추잠자리 뜻 모를 날갯짓
멍하니 바라보다가
영원할 수 없는 이별에 통곡한다

나의 몸이 어머니 몸 안에 있었으니
내게서 빠져나가는 듯한 산고의 고통처럼
마음이 아팠다

-「어머니의 강」 일부

그렇게 사랑했던 엄마가 가을 햇살이 눈부시게 쏟아지던 날, 들국화가 노랗게 핀 날에 돌아가신다. '산언덕에 마지막 가시는 무덤에 흙 한 삽을 붓고' 영원할 수 없는 이별에 통곡하는 윤 시인은 이 이별에 '나의 몸이 어머니 몸 안에 있었느니 내게서 빠져나가는 듯한 산고의 고통'이라고 표현하며 슬퍼한다.

하얗던 고요가 일말의 여지없이 터지는 날
가슴 뜨겁게 타오르는 신혼 여행길을 생각해본다
곱게 차려입은 노랑저고리 꽃분홍치마 봄바람에 날려
봄 햇살에 나부끼던 내 청춘의 한 자락 고운 필름들을 꺼내어 본다

목련꽃 찬란히 피던 봄날 꽃보다 더 화사하게 웃던 봄
나의 청춘의 봄은 무지개 피어오르는 듯한 봄이었다
차창 밖으로 노란 개나리 갸웃대고 분홍 진달래 머리를 흔들던
곱디고운 햇살 같은 봄이었다

시간 속으로 떠밀려간 시간의 봄을 추억하는 그런 꽃같은 추억을 다시금 뒤돌아본다
조금은 수줍은 막 피어나려는 여린 꽃이 나였을 신혼의 그 시절을!
한 송이 갓 피어나려는 꽃봉처럼 고왔을 활짝 핀 꽃처럼 웃던 그 날이 목련 닮은 날이었을까?

-「목련」 일부

윤 시인이 작품들은 유난히도 꽃이 많이 등장한다. 어느 분이 시인들이 가장 많은 소재로 삼는 것이 꽃이라 했지만 내 생각은 조금 다르다. 시인들이 다 꽃을 좋아하는 것은 아니다. 마음이 곱고 여리고 세상을 아름답게 보는 시인들이 꽃을 노래한다. 윤 시인의 작품에는 우리가 주위에서 볼 수 있는 거의 모든 꽃이 등장한다. 그런데 이 「목련」이 더욱 사랑스럽다. 목련이 찬란하게 피던 어느 봄날, 조금은 수줍게 피어나려는 여린 꽃이었을 윤 시인의 신혼 시절이 목련과 함께 아름답게 그려졌기 때문이다. 꽃을 유난히 좋아하는 윤 시인, 목련이 활짝 피던 날, 꽃잎 편지를 보낸 사랑하는 임과 짝이 되던 날을 떠올리게 하는 목련 이야기에 가슴이 따뜻하다.

윤 시인의 시를 읽으면서 누군가의 작품 전체를 읽을 수 있다는 것이 참 행복하다는 생각을 한다. 그리스 시인 '시모니데스'는 이런 말을 했다.

"그림은 말 없는 시이며 시는 말하는 그림이다."

그래서 우리는 시를 읽으면 그림으로 상상한다.

나는 이런 말을 하고 싶다.

"시는 소리 없는 음악이며 음악은 귀로 듣는 시다."

윤 시인의 시에는 한평생을 살아온 아픔과 슬픔과 그리움이 있다. 고뇌하지 않는 시인은 시인이 아니다. 아픔이 없는 시인은 시인이 아니다. 윤 시인의 시에는 아픔이 있고 고뇌가 있기에 윤 시인은 시인이다.

윤 시인의 시를 읽는 내내 나는 말하는 그림을 보았으며 소리 없는 음악을 들었다. 내가 느낀 이 감동을 이 시집을 읽는 분들도 시가 그림으로 보이고 음악으로 들려지기를 바란다.